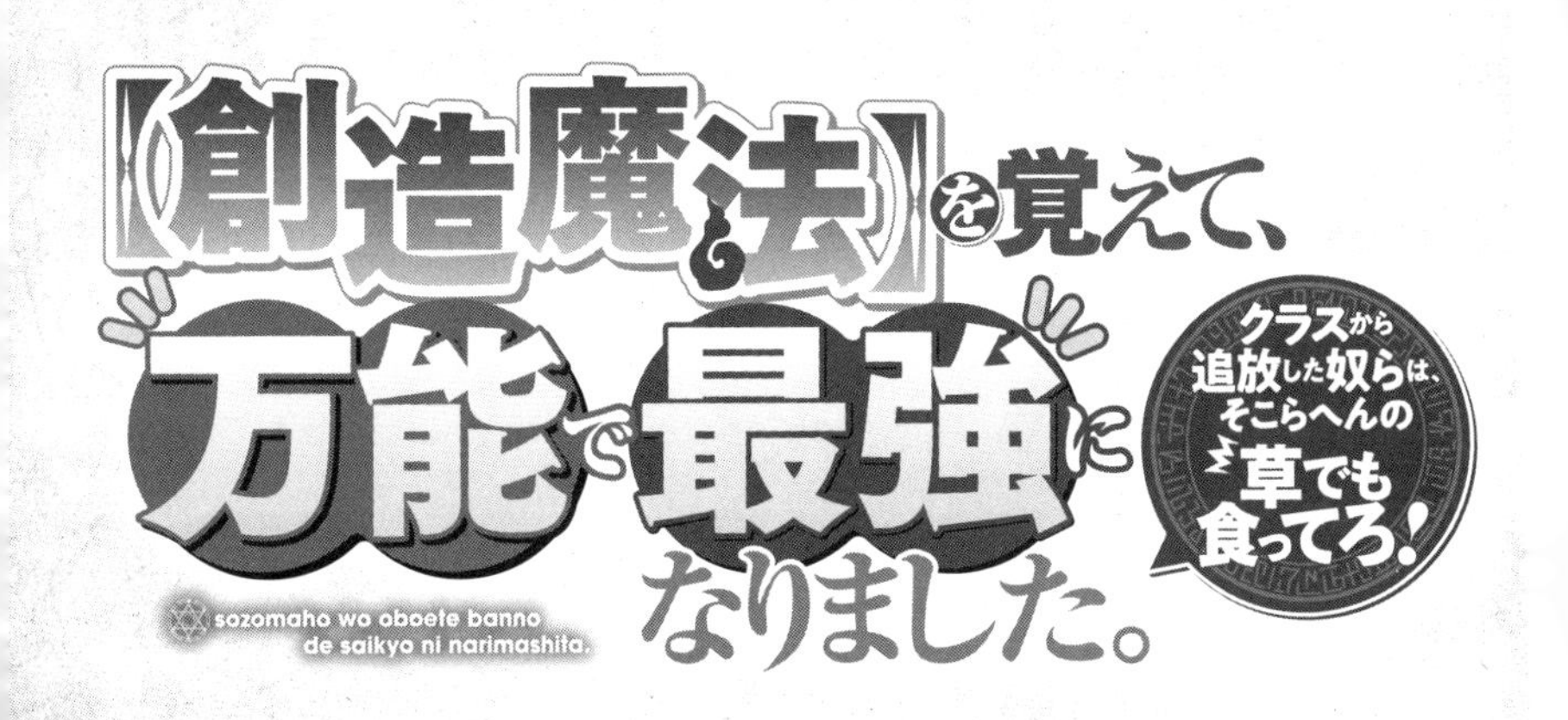

Illustration
東上文

主な登場人物
Main Characters
水沢優樹（みずさわゆうき）
異世界に転移した
七池高校二年A組の一人。
怪我を理由にクラスから
追放されるが、
偶然『創造魔法』を
手に入れたことで
運命が大きく
変わっていく。
クロ
猫の獣人で、
「神速の暗黒戦士」の
異名をとる
Sランクの冒険者。
高崎由那（たかさきゆな）
七池高校二年A組の一人。
優樹の幼馴染で、
クラスで一、二を
争う美人。

北野宗一（きたのそういち）
七池高校二年A組の委員長。異世界に転移した後もクラスをまとめている。
比留川四郎（ひるかわしろう）
七池高校二年A組の一人で、ヤンキーグループの太鼓持ち。
プリム
「白薔薇の団」所属のSランク冒険者。「神弓（しんきゅう）のプリム」と呼ばれるほどの弓の名手。
リルミル
特級錬金術師のハーフエルフ。「白薔薇（しろばら）の団」のリーダーを務める。

七池高校　二年A組の生徒たち

氏　名（五十音順）	出席番号
秋原拓也《あきはらたくや》	1
浅田瑞恵《あさだみずえ》	2
甘枝胡桃《あまえだくるみ》	4
笠松小次郎《かさまつこじろう》	8
神代霧人《かみしろきりと》	9
北野宗一《きたのそういち》	11
久我山恵一《くがやまけいいち》	14
黒崎大我《くろさきたいが》	16
郷田力也《ごうだりきや》	18
古賀恭一郎《こがきょういちろう》	19
高崎由那《たかさきゆな》	23
長島浩二《ながしまこうじ》	25
羽岡百合香《はねおかゆりか》	27
原口奈留美《はらぐちなるみ》	28
姫川エリナ《ひめかわえりな》	29
比留川四郎《ひるかわしろう》	30
松岡亜紀《まつおかあき》	32
水沢優樹《みずさわゆうき》	33
南千春《みなみちはる》	34
宮部雪音《みやべゆきね》	35
（他十五名は死亡）	

sozomaho wo oboete banno de saikyo ni narimashita.

プロローグ

「出席番号三十三番、水沢優樹（みずさわゆうき）！　君を七池（なないけ）高校から追放する」

教壇に立つ委員長――北野宗一（きたのそういち）の言葉に僕の顔が強張（こわば）った。

「ど……どうして？」

「校則通りじゃないか」

宗一はメガネのブリッジに指先で触れる。

「僕たち二年A組の生徒が変な地震のせいで学校の敷地ごと異世界に転移してから、三ヶ月が過ぎた。その間に十五人のクラスメイトが死に、生き残ったのは僕たち二十人だ。そして、僕たちは生き残るために新たな校則を作った」

「それはわかってるけど……」

「ならば現実を直視したまえ。君の追放はホームルームで提案され、多数決で決まったんだ」

宗一は背後にある黒板に視線を向ける。

【賛成：18　反対：2】

「この票差なら、君も納得できるだろう？」

「できるわけないよ！」

僕はこぶしを固くしてイスから立ち上がる。しかし、右足に強い痛みを感じて、僕の上半身が揺らぐ。

「ほらほら。僕の言った通りだろ？」

ヤンキーグループの比留川四郎が嬉しそうに僕を指さす。

「こいつ、足の骨が折れてて、まともに歩けないんだよ。完全に役立たずさ」

「ひびが入ってるだけだから。杖を使えば歩けるし、食料探しもできるよ」

「だけど、その足じゃ、学校の敷地を出るのにも十分以上かかるよね？　今の君より、小学生のほうが役に立つと思うよ」

「……ケガは時間が経てば治るから」

「それはどうかな。ここには医者もいないんだし、正確な判断はできないよ。歩けるようになっても走ることはできないかもしれない。きひっ」

四郎が甲高い笑い声をあげる。

「僕の提案に賛成してくれたみんなに感謝だよ」

「四郎くん……」

「おっと。そんな目で見ないでくれよ。ホームルームでは誰だって意見を言えるんだからさ」

「その通りだ」

宗一がうなずく。

「君がケガで休んでいる三日間、僕たちは広大な森の中で必死に食料を集めていた。その食料を君は働きもせずに口にしたんだ」

「だっ、だけど、僕だってケガをする前は、ちゃんと食料探しをやってたじゃないか。紫色のイチゴが生(は)えている場所を見つけたのも僕だし」

「それは一ヶ月も前のことじゃないか。もともと、君の成果は男子の平均以下だったよ」

「そうだな。こいつは役に立たねぇ」

ヤンキーグループのナンバー2、巨漢の郷田力也(ごうだりきや)がそう言って机の上に足を投げ出した。

「男ならゴブリンの一匹ぐらい倒してみろよ。俺は、もう八匹倒したぜ」

その言葉に多くのクラスメイトたちが笑い出した。

「たしかに男子の中でゴブリンを殺してないのは優樹だけだよな」

「うん。アニメオタクの拓也(たくや)だって、昨日、ゴブリンを殺(や)ったぜ」

「女子の百合香(ゆりか)さんや亜紀(あき)さんもゴブリンを殺したよね。男として恥ずかしくないのかな」

「まあ、しょうがないよな。ここは過酷な異世界だし、使えない奴は追放されるのが当然だ」

「そうよね。一人減れば、野草のスープの量の割りあても増やせるし」

「というわけだ」

クラスメイトたちの声に続いて、宗一が胸元で両手を合わせた。

「僕たちは危険な異世界で生き残るために協力しないといけない。お互いに名前で呼び合うようにしたのも仲間意識を強めるためだ。しかし、役立たずの君は仲間じゃないのさ」

「仲間……じゃない？」

「そうさ。僕だけじゃなく、みんながそう思ってる。君を追放するべきだと。霧人（きりと）もそう思うだろ？」

「……まあね」

上位カーストグループのトップ、神代（かみしろ）霧人が興味なさそうに整った唇を動かす。さらさらの髪に中性的な顔立ち。すらりとした体形で足は長い。優れているのは男性アイドルのような外見だけでなく、成績は学年一位でスポーツも万能だった。

「では、優樹の追放は確定……」

「待って！」

僕の隣にいた高崎由那（たかさきゆな）がイスから立ち上がった。

由那は僕と同じ十七歳で、家が隣同士の幼馴染（おさななじみ）だ。セミロングの黒髪に桜色（さくら）の唇。左目の下には小さなほくろがある。スタイルもよく、男子の人気が高かった。

「優樹くんを追放するなんて、絶対にダメだよ！」

由那はクラスメイトたちを見回す。

「優樹くんは真面目に仕事してたよ。水くみの仕事も夜の見張りの仕事も」

「だが、ケガが治らないのなら、その仕事もできなくなる」

宗一が低い声で言った。

「僕だって、クラスメイトを追放なんてしたくない。でも、仕方がないんだ。これはみんなを守るための決断だから」

ウソだ！

僕は心の中で叫んだ。

たしかに僕はケガをしてる。だけど、その状態でもやれる仕事はある。それなのに僕を追放したいのは、一部の男子が由那を狙ってるからだ。

委員長の宗一、僕の追放を提案した四郎、他にも由那を狙ってる男子は多い。上位カーストグループのお嬢様、姫川エリナと同じぐらい由那は人気があるから。

幼馴染みってことで、由那は僕によく話しかける。こぼれるような笑顔に鈴の音のような心地よい声。彼女と話している時、僕は何度も嫉妬の視線を向けられた。

僕を追放したほうが由那とつき合えるチャンスが増えるとでも考えたんだろう。

そして、事前に女子とも話し合って、僕の追放を決めたんだ。

計算高い宗一のことだ。食料や仕事の配分で、女子にいい条件を出したのかもしれない。

自分の体が小刻みに震え出す。

「これから、僕一人で生きていけってこと？」

「そうなるな」

宗一が暗い声で答えた。

「まあ、一人なら食料を分配することもないし、悪いことばかりじゃないだろう。共同作業もなく、自由に生きられるんだから」

「そーそー」

四郎が笑いながらうなずく。

「しょうがないって。大ケガをした君が悪いんだよ。自己責任ってやつさ」

「だよなーっ！」

他のクラスメイトたちも首を縦に動かした。

「ケガした優樹を助ける義理なんて、俺にはないし」

「他人に優しくできる世界じゃねぇんだよ。ここはな」

「そうね。戦えない男なんて何の価値もないよ」

「というか、優樹くんの百倍役に立つ男子が何人もいるしね。いらない、いらない」

「霧人くんぐらいかっこよかったら、ずっと看病してあげてもよかったけど、優樹くんって外見も能力も普通だしさ」

宗一がパンパンと手を叩いた。

「では、優樹は今すぐ、学校の敷地から出て行ってもらう。君の私物は持っていって構わないが、学校の備品は持ち出し禁止だ」

「鉄の棒もダメなの？」

「当たり前だろ。あれは貴重な武器だからな」

呆れた顔で宗一は僕を見る。

「追放された以上、君はクラスメイトではなくなった。でも、一個人として、君が生き残ることを祈っているよ」

「優樹っ！　がんばれよー！」

野球部の長島浩二が笑いながら言った。

「みんなっ！　一人で旅立つ優樹に拍手だ！」

クラスメイトたちが拍手を始めた。

パチパチパチパチパチパチ……。

教室中に広がる音が僕の心を傷つけていった。

◇　◇　◇

四階建ての校舎を出ると、背後から由那が僕の腕を掴んだ。

「優樹くん！　私も連れてって」

「え……？」

一瞬、由那の言葉が理解できなかった。

「由那さんも学校から出ていくってこと？」

「うん。優樹くんだけじゃ心配だから」

由那の瞳が夜の湖面のように揺らめく。

「二人なら、なんとかなるかもしれないし」

「それはダメだよ！」

僕は首を左右に動かす。

「学校の周りの森には危険なモンスターがいっぱいいる。ゴブリンだけじゃなくてオークやオーガもいるし、ドラゴンだっているかもしれない」

「それなら、なおさらだよ！　優樹くんはケガしてるんだし、一人じゃ死んじゃうよ」

由那の声が震える。

「優樹くんが死んだら、私……」

「大丈夫だよ。隠れるのは得意だし、時間が経てばケガだって治るかもしれない。そしたら、学校に戻れると思うしね」

僕は笑顔を作った。

「由那さん、ありがとう」

「えっ？　ありがとうって？」

「君だけが僕の追放に反対してくれた。本当に嬉しかったよ」

「そんなの当たり前だよ。幼馴染みだしクラスメイトなんだから」

「クラスメイトか……」

その言葉が、なんだかおかしく思えた。

由那以外のクラスメイトは僕の追放に賛成した。僕の命なんて、なんとも思ってなかったんだ。

みんなのにやにやした顔が脳裏に浮かぶ。

悔(くや)しくて悲しくて、怒りで体が震える。

だけど、よかったこともある。あんな奴らと離れることができるんだから。

そうさ。追放されたとしても死ぬことが決まったわけじゃない。絶対に……絶対に生き残ってやる！

第一章　追放者と創造魔法

追放されて五日目。

僕は一人で深い森の中をさまよっていた。

高さ二十メートルを超える木々が太陽の光をさえぎり、昼間なのに薄暗かった。緑色に発光する半透明のクラゲ――森クラゲ（みんなで名前を決めた）が、ふわふわと浮いている。

「森クラゲは食べられないからな」

僕は木の枝で作った杖をつきながら、歩き続ける。

水はなんとかなったけど、なかなか食べ物が見つからない。最近食べたものはアケビみたいな果物だけか。

「モンスターがいなければ、食料探しも楽になるのに」

そうつぶやきながら、額の汗をぬぐう。

走れない状態でモンスターに出会ったら、死は確実だ。まともに食事を取らなくても餓死するし、早くなんとかしないと。

その時、十数メートル先に長方形の板のようなものが見えた。

「んっ？　何だろう？」

僕は警戒しながら板に近づいた。それは木製の扉だった。高さは二メートルぐらいで見たことのない文字が刻まれている。扉の後ろには何もなく、周囲には緑色の苔が広がっていた。

「何でこんなところに扉があるんだろう？」

僕は取っ手を握り、扉を開いた。

「え……？」

扉の中には六畳ほどの部屋があった。壁際に本棚が並んでいて、中央には木製の机が置かれている。

「あれ？　何で？」

僕は首をかしげる。扉の後ろには何もないのに、開くと部屋がある。何だ、これ？

扉の中に入ると、机の上に二十センチぐらいの人形が横たわっていた。人形は木製で目の部分が丸くくり抜かれている。

「人形？」

その時、人形が上半身を起こして、顔を僕に向けた。

「やぁ。僕の隠れ家にようこそ」

小学生の男の子のような声が人形から聞こえた。

「にっ、人形が……喋った？」

僕は口を大きく開いたまま、人形を見つめる。

日本語……いや、声が二重に聞こえる。脳が勝手に変換してるのか。

「まずは自己紹介かな。僕は残留思念だよ。創造魔法の創始者アコロンのね」

「創造魔法？」

「んっ？　アコロンの名前に驚かないんだね。もしかして、君……」

人形――アコロンは細長い腕を組んで、僕を見上げる。

「あぁ、異界人か。なるほどね。別の世界じゃ、僕の名前も知られてないか」

「有名なんですか？」

「十歳の子供が知ってるぐらいはね。で、君は何でこんなところにいるの？」

「それは……」

僕はアコロンに自分の状況を説明した。

◇　◇　◇

「へぇーっ。大変だったね」

アコロンは包帯を巻いた僕の右足を見る。

「だけど、その程度のケガで仲間を見捨てるなんて、君の仲間は薄情で頭が悪いな」

「治せるんですか？」

「……君が代価を払えるのなら」

「代価って、僕が持ってるものは服と杖ぐらいしかないけど」

「うん。だから、仕事を引き受けてもらおうかな」

「仕事って？」

「魔王ゾルデスの討伐（とうばつ）」

「まっ、魔王っ!?」

僕の声が大きくなった。

「待って！　魔王なんて僕が倒せるわけないよ。強いんだよね？」

「まあね。この僕を殺したくらいだから」

「殺した？」

「そう。僕は四人の仲間といっしょにゾルデスと戦った。そして敗れた」

アコロンの声が沈んだ。

「ゾルデスは最強最悪の魔族だ。配下のモンスターも百万を超えていて、三年前に西の大国が滅ぼされたよ」

「そんな怪物を僕が倒せると思ってるの？」

「可能性はある。異界人である君ならね」

アコロンは小さな人形の手で僕を指さす。

「創造魔法はね、想像力と知識が重要なんだ。異界人の君なら、この世界の人々が知らない知識がたくさんある。君は僕を超える存在になれるかもしれない」

「だけど、創造魔法なんて使えないよ」

「すぐに使えるようになるさ。机の引き出しを開けてみて」

「う……うん」

引き出しを開けると、表紙に魔法陣が描かれた本と銀色の指輪が入っていた。指輪には見たことのない文字がびっしりと刻まれている。

「これは？」

「希少で高価な素材……スペシャルレア素材で作った世界に一つしかない本だ。触ってみなよ」

僕はおずおずと右手を伸ばして、本に触れた。

その瞬間――。

僕の脳内に見たことのない文字が大量に流れ込んできた。文字は日本語に変換され、それが創造魔法の情報だとわかった。

素材を消費して、物を創造する方法。創造した魔法を使用する方法。素材に関する知識。多くの情報が僕の脳内を駆け巡る。

触れていた本が消え、視界がぐるぐると回った。

「ぐっ……」

僕は頭を抱えてしゃがみ込んだ。

「大丈夫。情報酔いはすぐに治るよ」

数秒後、アコロンの言葉通りに視界が正常に戻った。

「さて、問題です。ケガを治す呪文に必要な素材は？」

「そんなの……あ……」

僕は大きく開いていた口を動かした。

「『夢月草』？」

「正解っ！」とアコロンは言った。

「おめでとう。君は創造魔法の知識を手に入れることができた。これでケガも治るよ」

「だけど夢月草なんて持ってないよ」

「夢月草はそこまで珍しい素材じゃないからね。森の中で見つけることができるよ。それと」

アコロンは机の引き出しの中にある指輪を僕に渡す。

「これは『ダールの指輪』。太古に栄えたダール文明のマジックアイテムだよ。別の空間に素材を収納できて、外に出すことなく創造魔法に使える。はめてみなよ」

「うん……」

僕は銀色に輝くダールの指輪を右手の人差し指にはめた。

「あ……」

別の空間に『魔石』が十個入ってる。これは……魔法の武器や防具を作るのに必要な素材か。それに新しい魔法を創造する時にも使える。

「その魔石はためしに入れてみたものだよ。レア素材だけど、使っていいよ。残留思念で、この場所から出ることができない僕には必要のないものだから」

アコロンの声が暗くなった。

「創造魔法は錬金術を超える究極の魔法だ。この世界でも使えるのは僕だけ……いや、今は君も使えるようになったね」

「そんなに大切な魔法を僕に教えてよかったの？」

「選択肢がないからね。それに異界人の君なら、なんとかなるかもしれない」

「魔王を倒せるってこと？」

「うん。でも、レア素材もなく経験もない今の君では魔王ゾルデスは倒せない。信頼できる仲間もいないし」

「そう……だよね」

「だから、君は多くの素材を集め、この世界の知識と経験を手に入れるんだ。そうすれば、君は全てを手に入れることができる。創造魔法を知った君なら、それが大げさでないことがわかるはずだ」

「創造魔法か……」

掠（かす）れた声が自分の口から漏れる。

たしかにすごい魔法だ。素材さえあれば、強力な攻撃呪文や回復呪文が使えるし、武器や防具も作れる。それだけじゃなく、食べ物や服や家具も……。

「残留思念の僕にできるのはここまでだ」

机の上の人形が腰を下ろした。

「君が僕を超える創造魔法の使い手となって、この世界を救ってくれることを期待してるよ」

その言葉に自分の肩が重くなった気がした。

その後、僕はアコロンに、いろいろな情報を聞いた。
この森はアクア国の領土で東に大きな町があること。そこには人間だけではなく、エルフや獣人もいること。僕たち以外にも別の世界から転移してくる者がいること。
その情報はこれまでずっと森の中で暮らしていた僕にとって、非常に有益だった。
アコロンに何度も礼を言って、僕は隠れ家を後にした。

数分歩くと、森の中には多くの素材があることに気づいた。

火属性の呪文に使う『赤炎石』。照明の呪文に使う『光ゴケ』。毒消しの薬になる『銀香草』。今まで、ただの石や草だと思っていたのに。

「あ……」

数メートル先の木の根元に夢月草が生えていることに気づいた。夢月草は回復呪文に使える素材だ。これがあれば足のケガが治せるはず。

僕は黄緑色に発光する夢月草を引き抜いた。右手にはめたダールの指輪が輝き、夢月草が別の空間に収納される。

「これと『魔力キノコ』を組み合わせれば、回復呪文が使えるはずだ」

意識を集中させて、ケガをした右足に触れる。黄金色の光が僕の足を包む。

今まで感じていた痛みがすっと消えた。

僕はその場で足踏みをしてみた。痛みはまったく感じられない。

「こんな簡単にケガが治るのか……」

口の中が乾き、ノドが大きく動く。

創造魔法ってすごいな。素材さえあれば、全ての属性（火、水、風、土、光、闇）の魔法を本人の特性に関係なく、使うことができる。それはトップクラスの魔道師でさえ不可能なことだと、アコロンが教えてくれた。普通は一つか二つの属性の魔法しか使えないらしい。

僕は別の空間に収納していた『マグドナルド』のハンバーガーを取り出した。これは『滋養樹』の葉と『記憶石』で創造したものだ。

記憶石を使えば、今まで見て触れたことがあるものを創造するための素材のレシピを知ることができる。滋養樹の葉は、食べ物を創造する時に必要になる素材だ。この二つを組み合わせることで、僕は元の世界で食べたことがある料理を全て再現できるようになっていた。

マグドナルドのハンバーガーも『ピザール』のピザも、十六歳の誕生日に高級レストランで食べた『杉阪牛』のステーキも創造することができる。

滋養樹の木を見つけることができたのは幸運だったな。千枚以上の葉を手に入れたから、当分、食べ物には困らない。

ふと、クラスメイトたちの顔が脳裏に浮かんだ。みんなは野草のスープや木の実、小さな果物を食べて生活している。たまに鳥や魚を獲れたら大騒ぎだ。

「追放前の僕なら、喜んでみんなにマグドのハンバーガーを食べさせただろうな」

今の僕はクラスメイトなんて、どうだっていい。あいつらは青臭い草でも食ってればいいんだ。

だけど、由那だけは違う。由那は僕の追放に反対してくれた。それどころか、僕といっしょに学校を出ようとしてくれた。彼女だけは飢えさせたくない。

そうだ！　由那に美味しいものを食べさせてあげよう。たしか、クリーム系のパスタが好きだったはずだ。

そのアイデアはすごくいいものに思えた。

僕は学校のある東に向かって歩き出した。

校門の前にはヤンキーグループの四郎がいた。
四郎は僕を見ると、唇を歪ませるようにして笑った。
「あれ？　まだ、生きてたんだ？」
「足のケガが治ったから」

「……へーっ。それはよかったね」

かくりと首を曲げて、四郎は僕の足を見る。

「でも、君の追放はホームルームで決まったんだ。今さら、撤回はないよ」

「そうだろうね」

「なら、何故、戻ってきたんだよ？」

「由那さんに話があるんだ」

「あぁー。由那なら、もういないよ」

「いない？　どういう意味？」

「そのままの意味さ」

四郎は、きひひと笑って舌を出した。

「君が追放されてから、いろいろあったんだよ」

「いろいろって？」

「それは僕が説明しよう」

いつの間にか、委員長の宗一が四郎の背後に立っていた。

宗一はメガネのつるに触れながら、僕に歩み寄った。

「結論から言おう。由那は窃盗の罪で追放した」

「窃盗？　由那さんが？」

「ああ。由那は貴重な干し肉を盗んで食べたからね。その行為は絶対にしてはいけない大罪だ。それは君も知ってるだろ？」

「だけど、由那さんがそんなことするはずないよ！」

自分の声が荒くなる。

「それはどうかな。僕たちはぎりぎりの食料を分け合って生きている。彼女が食欲に負けて干し肉に手を出したとしてもおかしくはない。目撃者もいるしね」

「目撃者って？」

「エリナと副委員長の瑞恵（みずえ）だよ。二人は由那が食料庫に入っていくのを見たんだ。そして、その後に干し肉がなくなっていることが発覚した。由那は犯行を否認したが、信じる者は少なかった。そしてホームルームで追放が決まったんだ」

宗一は悲しげな表情で首を左右に動かした。

「由那ってバカだよね。きひっ」

四郎が上唇を舐めた。

「追放に反対してもいいって言ってた男子が多かったのに」

「……その代わりに何を要求したんだ？」

「たいした要求じゃないさ。一週間、恋人になってくれって言っただけで」

「……」

「悪い話じゃないだろ？　たった一週間なんだからさ」

四郎は好色な笑みを浮かべる。

「それだけで追放されなくてすんだのに、ほんと頭悪いよ」

「残念だよ」

宗一が、ふっと息を吐いた。

「もし、彼女が僕を頼ってくれれば、こんなことにはならなかったのに」

その言葉に僕は奥歯を強く噛んだ。

宗一も由那に『恋人になれ』って言ったんだな。その誘いを由那は断ったんだ。

かっと体が熱くなり、両手の爪が手のひらに食い込む。

由那が干し肉なんて盗むはずがない。目撃者のエリナと瑞恵がウソをついてるんだ。上位カーストグループのエリナは、男子に人気がある由那に嫉妬していた。由那がいなくなれば、もっと男子を利用できると考えたんだろう。

瑞恵は委員長の宗一が好きだから、ライバル排除のためか。

僕だけじゃなく、由那まで追放するなんて……。

その時――。

「おーっ！　何やってるんだ？」

背後の茂みから、四人の男子が現れた。

ヤンキーグループの恭一郎（きょういちろう）と力也。剣道部の小次郎（こじろう）と野球部の浩二だ。恭一郎は草のつるで縛（しば）った赤茶色の鳥を手に持っていた。

「何だ、優樹か」

恭一郎はゴミでも見るような目つきで僕を見た。

「肉につられて戻ってきたのか？　悪いがお前の分はないぞ」

「ああ。もうクラスメイトじゃないからな」

恭一郎の隣にいた小次郎が鉄の棒の先端を僕に向ける。

「この鳥は俺たちが獲った貴重な食料だ。森の中を何時間も歩き回ってな」

「そーそー」と浩二が同意する。

「役立たずの追放者くんには骨もあげられないよ」

「そうだな。骨も野草のスープに入れれば味がよくなる」

「さすがだな」

宗一が浩二たちを見回し、満足げにうなずいた。

「運動能力のある君たちを組ませてよかったよ。おかげで今夜は久しぶりに新鮮な肉が食える」

「俺たちの分は多めに頼むぜ。委員長」

恭一郎が宗一の肩を叩く。

「わかってる。役に立った者は多くの報酬を得ることができるルールだからな」

「やったぜ。ゴブリンの群れから逃げ回ったかいはあったたな」

浩二がぐっとこぶしを握る。

「さて……と」

宗一は視線を僕に戻した。

「優樹。君は追放者だ。学校の敷地に入りたいのなら、代価を支払ってもらおうか」

「代価って……」

「何かの食べ物でいい。木の実十個か食べられる草を一束。それを渡してくれれば、学校への滞在を一日許可しよう」

「……もし、肉を持ってきたら？」

「ははっ。それなら一ヶ月の滞在を認めるよ」

宗一はメガネの奥の目を細めた。

「君が食べ物を手に入れることを祈ってるよ」

「……わかった。今度、学校に来る時は食べ物を持ってくるようにするよ」

僕は暗く低い声で言った。

◇　◇　◇

「早く由那さんを見つけないと」

僕は視線を左右に動かして、薄暗い森の中を見回した。

もうすぐ日が暮れる。夜になったら捜しにくくなるし、モンスターの動きも活発になる。

ダールの指輪に視線を向けると、収納された素材のデータがゲームのように表示された。

【魔石×10】（レア素材）
【魔力キノコ×28】
【滋養樹の葉×１１０８】
【記憶石×45】
【夢月草×３】
【虹水晶×１】（レア素材）
【赤炎石×18】
【蒼冷石×２】
【変化の土×48】
【光ゴケ×25】
【黒百合の花びら×72】
【銀香草×34】
【スライムの欠片×２】
【黄金蜘蛛の糸×12】
【眠り草×８】
【パルク草×50……】
ｅｔｃ．……

魔力キノコと光ゴケ、黄金蜘蛛の糸を組み合わせれば、『トレース』の呪文を使用できるか。

トレースは過去に触れた相手のいる位置を探る呪文だ。由那とは小学生の頃、手をつないで登校していた時期があった。

僕は素材を組み合わせて、トレースの呪文を発動する。直径十センチほどの光球が現れた。光球はふわふわと僕の周囲を漂った後、南に向かって進み始めた。

「よし！　上手くいったぞ。これで由那さんを見つけられる」

ぐっとこぶしを握り締め、僕は光球の後を追って歩き出した。

光球は薄暗い森の中を進み、崖下の洞窟の中に入っていった。

「この洞窟は……」

光る石が均等に配置されている。足元も平らなところが多いし、誰かが使っているのか？

僕は足音を立てないようにして奥に進む。

十数分後、開けた場所に出た。そこは教室ぐらいの広さで、壁際の棚に多くのビンが並んでいた。ビンは液体で満たされ、何かの生物の脳や臓器が中に入っていた。

「何だ？　この部屋は……」

全身の血が一気に冷えた。

まさか、由那も……。

一瞬、最悪の予想をしたが、光球は棚のビンに近づくことなく、奥にある扉の前で止まった。

溜めていた息を吐き出し、僕は扉に近づく。かんぬきを外して扉を開けると、狭い部屋の中に由那が倒れていた。

「由那さんっ！」

由那の肩を何度も揺すっていると、彼女のまぶたが薄く開いた。

「……あ……優樹くん？」

由那はゆっくりと上半身を起こす。

「私……男の人に捕まって……」

「男の人？」

「うん。痩せたお爺ちゃんみたいな。それで何か注射されて……」

由那は白い右腕を僕に見せた。肘の部分に注射の痕が残っている。

「大丈夫なの？」

「う、うん。痛みもないし」

「そっか。よかった。とにかく、ここから出て……」

その時——。

電気に触れたような衝撃が僕の体を走った。

「があっ……」

僕は苦痛に顔を歪めて倒れ込んだ。

これは……雷系の呪文か。

視線を動かすと、目の前に黒いローブを着た男が立っていた。男は骨に皮膚だけが張りついたように痩せていて、額(ひたい)に黒い角(つの)が生えていた。

人間……じゃない。人型のモンスターか。

動こうとしたが、手足がしびれて上半身を起こすこともできない。

「バカな男だ」

青黒い男の唇が動いた。

「女を助けに来たようだが、魔法も使えぬ異界人に何ができる」

「ゆ……由那さんに何を……した？」

「お前には理解できぬことよ」

男は枯れ木のような手で由那を掴み、彼女の目を見つめる。

「……ふむ。上手く混じってきたな。これなら成功するだろう」

「何が……成功なんだ？」

僕はしびれた唇を動かして、男に質問した。

「この女がモンスター化するということだ」

「モン……スター？」

「そうだ。女には特別に調合した秘薬を注射した。『水晶龍(すいしょうりゅう)の牙』に『夢妖精(ゆめようせい)の心臓』、そして『サキュバスの血』を混ぜた極上の秘薬をな」

「何で……そんなこと」

「強き生物を生み出し、我、ジェグダの奴隷とするためだ」

男——ジェグダは、背後から由那の左胸をわし掴みにした。

「この女は器量もいい。戦い以外にも使えそうだな」

「やっ……止めろ」

「無駄だ。お前は当分動けない。魔法耐性のない異界人だからな。カカカッ」

ジェグダは笑いながら、右手を僕に向ける。

「お前の死体は、ちゃんと役立ててやる。安心して死ね！」

その瞬間——。

僕の思考が加速した。

持ってる素材……魔石でレシピを作り、魔力キノコ、虹水晶、光ゴケを組み合わせる。これで僕が考えた呪文を創造する。イメージはレーザー光線だ。光を増幅させて一点に集中させる。

僕は人差し指をジェグダの胸に向けた。指先が輝き、青白い光線がジェグダの胸を貫（つらぬ）いた。

「ぐあっ……」

ジェグダは両目と口を大きく開いて、由那から離れた。

「なっ、何故、異界人のお前が……こんな強力な……魔法を無詠唱で……」

ジェグダは青紫色の血を噴き出し、そのまま前のめりに倒れた。

僕はしびれている手を動かして、上半身を起こした。

ジェグダは倒れたまま、ぴくりとも動かない。

僕が殺したのか……。

一瞬、心臓が締めつけられるような痛みを感じた。

いや、殺さなければ僕が殺されていた。ここは平和な日本じゃない。死が身近にある危険な異世界なんだ。

何度も深呼吸をして、心を落ち着かせる。

「由那さん。大丈夫？」

僕は呆然としている由那に声をかけた。

「……」

由那は僕の問いかけに反応せず、ぐらりと横倒しになった。

「由那さんっ！」

僕はしびれた足を引きずりながら、彼女に近づく。倒れた由那の呼吸が安定してるのを確認して、ふっと息を吐いた。

命に別状はなさそうだ。問題は注射された秘薬か。ジェグダが『混じった』みたいな言い方をしてたけど、外見に変化は今のところない。

でも、このままじゃまずいだろうな。混じった秘薬を体から取り除く呪文を使うには……レア素材以上のスペシャルレア素材『幻魔の化石』が必要か。見つけるのに時間がかかりそうだ。

とりあえず、由那さんを休ませる場所を見つけよう。

◇　◇　◇

洞窟の中の別の小部屋に由那さんを寝かせた後、僕は隅に置かれた大きな木箱を開けた。

その中には、いくつものレア素材が入っていた。

【スライムクィーンの欠片×2】（レア素材）
【ユニコーンの角×1】（レア素材）
【戦天使の羽×3】（レア素材）
【時空鉱×6】（レア素材）
【世界樹のしずく×1】（レア素材）
【地龍のウロコ×5】（レア素材）
【魔龍のウロコ×3】（レア素材）

「悪くないな」

スライムクィーンの欠片は強い防具を創るのに役立つ。時空鉱は転移の呪文に使える。他にも素材が入ってるし、これで創造魔法でやれることが格段に増えたぞ。まずは武器と防具を作って……。

さっきのダメージが残っていたのか、いつの間にか僕の意識はなくなっていた。

◇　◇　◇

どのぐらい時間が経ったのか。腹部に重さを感じて、僕はまぶたを開いた。

「え……？」

一瞬、僕は状況が理解できなかった。

「ど……どうして？」

由那が僕に馬乗りになって、妖しい笑みを浮かべていた。

「優樹くん……」

普段とは違う甘い声が由那の半開きの唇から漏れた。

「どっ、どうしたの？」

僕は自分に馬乗りになってる由那を見上げる。由那の瞳は潤んでいて、荒い吐息が聞こえてくる。

「もしかして、調子悪いの？　顔が少し赤いような……」

「ううん。大丈夫だよ。体は熱いけど」

由那は白いシャツのボタンを外す。きめ細かい胸元の肌と白い下着が見えた。

「ゆっ、由那さん!?　何をしてるの？」

「何って……わかるでしょ？　優樹くんだってもう高校生なんだから」

由那の手が僕の首筋に触れる。

「ねぇ、優樹くん。私の気持ち……わかってるよね？」

「きっ、気持ち？」

「そう。ずっと前から、私が……優樹くんを好きってこと」

由那は僕の体に柔らかい胸を押しつけて、顔を近づける。

「優樹くんは、私のことキライ？」

由那の唇から、甘い声が漏れる。

「いや、そんなことないけど……」

「それなら、二人で気持ちよくなろ」

「由那さん……」

僕は由那の瞳孔が猫のように細くなっていることに気づいた。

これ……モンスター化の影響か？

たしか、ジェグダがサキュバスの血を秘薬に混ぜたと言っていた。そのせいか。

とにかく、由那さんを正気に戻さないと。

魔力キノコと銀香草を使って、状態異常を治す呪文を創造する！

青白い光が由那の体を包み、彼女の動きが止まった。

「……」

「由那……さん？」

「あ……」

由那の瞳が元に戻った。

「私……何を……あ……」

みるみる由那の顔が真っ赤になる。

「わっ……わわっ」

由那は慌てて僕から離れた。

「ちっ、違うの。私……眠ってる優樹くんを見てたら、変な気持ちになっちゃって」

「変な気持ち？」

「あ……ぅ……」

「いっ、いや。事情はわかってるから」

僕は立ち上がって、由那に近づく。

「由那さんの体のことだけど、少し待ってて。治せる可能性があるから」

「治せる？」

由那はまぶたをぱちぱちと動かす。

「それって、どういうこと？」

「実は……」

僕は創造魔法が使えるようになったことを由那に話した。

「……だから、『幻魔の化石』を手に入れることができたら、由那さんは元の体に戻るよ」

「そう……なんだ」

由那は桜色の唇だけを動かした。

「ただ、珍しい素材だから、見つけるのに時間がかかるかもしれない。それでも、必ず見つけるから！」

「……ありがとう。優樹くん」

由那は僕に頭を下げた。

「気にしなくていいよ。由那さんは幼馴染みでクラスメイトだし、助けるのは当然だからね」

そう言って、僕は由那に笑顔を向ける。

「……由那さん。みんなのところに戻りたい？」

僕は由那に質問した。

「もし、由那さんが望むのなら、なんとかなると思う。今の僕なら、食料を簡単に手に入れられるから」

「……ううん」

由那は首を左右に振った。

「みんなは私が干し肉を盗んだと思ってるし。それに男子がいるから」

「男子？」

「うん。さっきみたいなことになったらイヤだし」

由那は頬を赤くする。

「あ……そっか。それはイヤだよね」

「だっ、だけど、優樹くんならいいの」

「え？　いいの？」

「……うん。だから、みんなとじゃなくて、優樹くんといっしょにいたい。ダメ……かな？」

「あ、いや。ダメじゃないけど」

　自分の顔が熱くなっているのがわかる。

「……じゃあ、いっしょに……暮らそうか」

「うんっ！」

　由那が大きくうなずいた。

「でも、この洞窟は薄暗くて、太陽も見えないし住みにくそうだね」

「住む場所は別のところに作ろう。創造魔法でね」

「えっ？　作る？」

「うん。創造魔法を使えば、家を建てることもできるから」

　次の日の夕刻、僕は一人で学校に向かった。
　校門の前にはアニメ好きの秋原拓也が見張りに立っていた。拓也は身長が百七十センチの僕よりも五センチ低く、華奢（きゃしゃ）な体格をしている。学生服のズボンの一部は破れていて、白いシャツは汚れていた。

「あれ？　どうしたの？」

拓也は尖（とが）った石で作った槍（やり）を持って、僕に近づいた。

「図書館で調べ物をしたくてさ」

「でも、君は追放されてるよね？」

「食料を持ってくれれば学校に入れてくれるって、委員長が言ってたんだ」

「食料を持ってるの？」

「うん。たいしたものじゃないけど」

僕は持っていた麻袋を拓也に見せる。

「……ふーん。なら、通っていいよ」

「どうも」と言って、僕は校門から学校の敷地に入った。

三階にある二年A組の教室には、拓也を除く十七名のクラスメイトたちが集まっていた。

「おやおや。また、君に会えるとは思わなかったよ」

委員長の宗一が白い歯を見せて、僕に歩み寄った。

「ここに来たってことは、食料を持ってきたってことだね？」

「うん。人数分はあると思うよ」

「あぁ。木の実かイチゴあたりか」

　宗一は僕が手にしている麻袋を見る。

「まあ、いい。約束は守ろうじゃないか。君が食料を渡してくれれば、学校への滞在を期間限定で認めよう」

「で、持ってきた食料は木の実か？」

　野球部の浩二が僕に声をかけた。

「その前に話したいことがあるんだ」

「話したいこと？」

「……うん」

　僕は教壇の上から元クラスメイトたちを見回す。

「君たちは僕と由那さんを追放した」

「おいおい。今さら文句かよ」

　そう言って浩二が大げさに肩をすくめる。

「お前も由那も多数決で追放が決まったんだ。平等でわかりやすいルールじゃないか」

「でも、それでいいの？　ここは危険な異世界なんだ。みんなで協力して生きていくべきじゃないかな？」

「協力……ねぇ」

浩二は腕を組んで首を傾ける。

「うん。戦闘が得意な人もいれば、食料集めが得意な人もいる。みんなが自分の得意なことで仲間を助けていくことが大事だと思う」

「たしかにそうだ」

宗一が僕の言葉に同意した。

「仲間と協力することは正しい。しかし、君は仲間じゃない。ただの寄生虫だよ」

「……寄生虫？」

「ああ。君は戦闘で役立つわけでもなく、食料集めの実績もいまいちだった。しかも、当時はケガもしてたからね。まさに寄生虫じゃないか」

「役に立たない者は仲間じゃないってこと？」

「そうだな。君は仲間じゃない」

「委員長の言う通りよ！」

副委員長の瑞恵がイスから立ち上がった。

「あなたも由那も私たちの仲間じゃないから。もう、赤の他人よ」

他のクラスメイトたちも首を縦に振る。

「だよなーっ！　優樹がいなくても別に困らないし」

「つーか、お前はお前で好きに生きればいいだろ？　森の中は広いんだからさ」

「役立たずのお前に食わせる野草サラダはねぇ！　もちろん、肉もやらねぇ」

「ほんと、恥ずかしいよね。人に頼ろうとばかりして」

「うじうじと文句言いやがって。恥ずかしい男だな」

「そのへんでいいだろう」

宗一が胸元で両手を叩いた。

「まあ、これからはビジネスライクにつき合っていこうじゃないか。君が食料を持ってくるのなら、学校内の施設の利用も許可するよ」

「ビジネスライクか……」

僕は奥歯を強く噛んだ。

みんなの考えは、よくわかった。やっぱり、助けるに値しない奴らなんだな。

もういい。僕は由那といっしょに生きていく。由那だけがいればいい。

「さて、優樹」

宗一が視線を麻袋に向けた。

「そろそろ食料を渡してもらおうかな。それが学校に入る条件だからね」

「……わかったよ」

僕は麻袋に手を入れた。

既にレシピはわかってる。滋養樹の葉を一枚使って……ついでにパルク草で包装も完璧に再現するか。

手の中に温かさを感じられるハンバーガーが具現化された。

「これでいいかな」

僕は麻袋からハンバーガーを取り出し、教卓の上に置いた。

「んっ？　これは何だ？」

「マグドナルドのハンバーガー、ビッグマグドさ。食べたことあるだろ？」

僕は包装紙を指先で開く。高さ十センチのハンバーガーが姿を現した。

柔らかそうなキツネ色のパンに二枚のパティ、チーズとピクルスとレタスが挟んであるのがわかる。

肉とパンの香りが周囲に漂った。

「えーと……この教室にいるのが十七人で、見張りに立ってるのが一人か。ってことは十八個だね」

僕は麻袋の中から、次々と具現化したハンバーガーを取り出し、教卓の上に置いた。

「出来たてだから、早めに食べたほうがいいと思うよ」

「……あぁっ？」

宗一の口から驚きの声が漏れ、みんなの目が極限まで開いた。

「そ……そんなバカな」

宗一はハンバーガーを手に取り、それを鼻に近づける。

「これは……幻覚か」

「そう思うのなら、食べてみたら」

「……」

宗一は無言でハンバーガーにかぶりついた。頬を大きく膨らませて、口を動かす。

「……んむっ……むっ……」

十数秒の沈黙の後――。

宗一の目から涙が流れ落ちた。

「……これは……ビッグマグドだ」

「お、俺にも食わせろ！」

ヤンキーグループの力也がハンバーガーを手に取った。

他のクラスメイトたちも教壇に殺到して、ハンバーガーに手を伸ばす。

「こっ、この匂いは……マジモンじゃねぇか！　ピクルスも入ってやがる」

「うっ、ウソっ!?　どうしてビッグマグドが？」

「そんなこと、どうだっていいっ！」

クラスメイトたちは大きく口を開けて、ハンバーガーを食べ始めた。普段はクールで感情を見せない上位カーストグループの霧人も、出来たてのハンバーガーを口に押しつけている。

「ああっ……これよ。夢にまで見たビッグマグドの味」

料理研究会に入っている甘枝胡桃が歓喜の涙を流した。

「牛百パーセントのお肉に新鮮なレタス。それを包む柔らかなパン。これは神の食べ物だわ」

「あ、ああ。こんなにビッグマグドが美味かったなんて」

浩二が小刻みに体を震わせる。

「体中にハンバーガーの栄養が染み込んでいくぞ」

他のクラスメイトたちも次々と感想を口にした。

「神様、ありがとう。私にビッグマグドを食べさせてくれて」

「こっ、これは犯罪的な美味さだよ。いや、犯罪そのものだ！」

「犯罪？　正義だろ！　ビッグマグドは正義だよ」

クリームイエローのソースを口につけ、クラスメイトたちは瞳を輝かせる。

やっぱり、こうなるよな。

僕はクラスメイトたちの狂騒を見て、ふっと息を吐いた。この世界に転移してから食べた物って、草や木の実、果物がほとんどだ。たまに鳥の肉を食べられたけど、味付けは塩だけだったからな。食堂に残ってた調味料も塩以外はなくなっちゃったし、ビッグマグドの濃厚で胃袋に響く美味さに匹敵する食べ物なんて口にできなかった。

「優樹……」

ハンバーガーを食べ終わった宗一が僕の肩を掴んだ。

「これはどういうことだ？」

「どういうことって？」

「ビッグマグドをどこで手に入れた？　まさか、この世界にマグドナルドがあるのか？」

「ないと思うよ。だけど、ビッグマグドを手に入れられる方法はあるんだ」

僕は教卓の上で丁寧（ていねい）に麻袋をたたむ。

「で、委員長。たしか、肉を持ってきたら、一ヶ月、学校にいていいんだよね？」

「……あ、あぁ。そっ、そうだな」

宗一の頬がぴくぴくと痙攣（けいれん）した。

「たしかにビッグマグドには肉が入っているし、品質も問題ない」

「じゃあ、図書館を使わせてもらうよ。いろいろ調べたいことがあるし」

「おいっ、優樹！」

浩二が僕に駆け寄った。

「ビッグマグドって、まだあるのか？」

「今はないよ」

「今は？　今はってことは、また手に入れることができるんだな？」

「……まあね」

僕の言葉にクラスメイトたちの瞳が輝く。

「マジかよ！　ビッグマグドがまた食えるぞ！」

「うおおおっ！　やったぞ。これで食いもんに困ることはねぇ」

「ああ。ビッグマグドは野菜も入ってるから、栄養バランスも最高だぜ！」

「よかった。本当によかった」

「とりあえず、明日の朝食もビッグマグドにしようぜ」

「何言ってるの？」

僕は普段より低い声を出した。

「僕、夜には学校から出て行くよ」

「え……？」

浩二がぽかんと口を開いた。

「……いっ、いや。でも、お前、一ヶ月間、学校に滞在できるんだろ？」

「うん。でも、出て行くのも自由だよね？」

「そ……れは、そうだけど……どこに行く気なんだ？」

「近くに家を建てようと思って」

僕は窓から見える丘を指さす。

「あの辺りなら学校へも通いやすいし、ちょうどいいかな」

「いや、学校にいればいいじゃないか。校舎は頑丈だし、ここならみんないるからモンスターが襲ってくることもねぇし」

「いや、それは悪いよ。僕はクラスメイトじゃないし」

「クラスメイトじゃない？」

「うん。五日前に追放されちゃったから」

「あ……」

みんなの顔が強張った。

「安心していいよ。みんなには頼らないようにするから」

僕はにっこりと笑って、クラスメイトたちを見回す。

「食料はこの通りなんとかなりそうだからね。これ以上、寄生虫なんて言われたくないし」

「あ、いっ、いや」

僕を『寄生虫』よばわりした宗一が口をぱくぱくと動かした。

「それは、あくまでも君がケガをしていたからであって、今の君は……違うかもしれないな」

「……そう。少しは評価が上がったみたいで嬉しいよ」

「少しじゃねぇって！」

浩二が貼りつけたような笑顔で僕に歩み寄った。

「なんせ、ビッグマグドだからな。俺たちが獲ってきた鳥よりも百倍は美味い食い物だし」

「それはよかった。これで君から『役立たずの追放者くん』って言われなくなるかな」

「あ……ああ。もちろんさ」

浩二の額に汗が浮かんだ。

「ちょっと！　優樹くん」

瑞恵が僕を鋭い目でにらんだ。

「まさか、自分だけ、ビッグマグドを食べる気なの？」

「ダメかな？」

「ダメに決まってるでしょ。私たちはクラスメイトなのよ。みんなで助け合わないと」

「いや、『赤の他人』だろ。さっき、君が僕に言ったよね？　僕も由那さんも仲間じゃないって」

「あ……」

瑞恵は開いた口を右手で押さえた。

「みんなの言ったことは、ちゃんと覚えてるよ。一言一句ね」

「……」

クラスメイトたちは無言になった。

「まあ、これからはビジネスライクにつき合っていこうよ」

僕は宗一が言った言葉を口にした。

「君たちに頼みたいことがあったら、頭を下げるし、代価としてビッグマグドも渡すから」

「……何を頼みたいんだ？」

ヤンキーグループのリーダー、恭一郎が低い声を出した。

「今のところは何もないよ」

そう言って、僕はドアに向かう。

「じゃあ、またね」

廊下に出てドアを閉めると、誰かが机を叩く音が聞こえた。

すごく怒ってるみたいだけど、僕は何も悪くない。全部、君たちが決めたルールじゃないか。

今の僕にとって、君たちは役立たずだし、助ける理由はない。仲間でもクラスメイトでもないのなら。

◇　◇　◇

図書館には誰もいなかった。既に太陽は沈んでいて、中は薄暗い。

「とりあえず、明かりがいるな」

魔力キノコと光ゴケを使って、『マジックライト』の呪文を使用した。直径十センチの光の球が具現化され、図書館の中を照らした。この呪文は僕が考えたものではなく、この世界で、よく使われている魔法だ。

「これで夜も作業できるな……」

学校の照明は電気がないから、使えないんだよな。魔法が使えるようになって、本当によかった。

僕は本棚から建築関係の本を取り出す。

せっかく家を作るのなら、基礎がしっかりとした快適な家にしたいからな。家の知識が詳細なほど、完璧な家を作ることができるし。

僕は近くのイスに座り、分厚い本のページを開いた。

一時間後、廊下から微かな物音がした。

んっ？　誰か来たな。

僕はマジックライトを消す。すっと図書館の中が暗くなった。

数秒後、ドアが開き、上位カーストグループの女子——姫川エリナが図書館に入ってきた。身長は百六十五センチくらい、髪は茶色のロングで足が長い。その手にはロウソクが握られていた。

ロウソクの炎が彼女の整った顔を照らしている。

「……へぇーっ。本当に家を建てる気なんだ」

エリナは机の上に置いてある建築関係の本を見て微笑した。

「何か用？」

「少し優樹くんと話したくなってさ」

エリナは机の上にロウソクを置いて、隣のイスに座った。

「ねぇ。あのビッグマグドって、どうやって手に入れたの？」

「……気になるの？」

「そりゃーね。みんなも知りたがってるし」

エリナは口角を吊り上げて、足を組む。チェック柄のスカートが揺れ、ピンク色の下着が微かに見えた。

「正直さ。ありえないことだよね。異世界でビッグマグドなんてさ。魔法でも使わない限り」

「魔法か……」

「そう。文学部の雪音(ゆきね)が言ったの。ここが異世界なら、魔法だってあるかもしれないって」

「……そうだね。あのビッグマグドは魔法で具現化したものだよ」

「その魔法を優樹くんは使えるってことか」

「まあね」と僕は答えた。

「ある人から教えてもらったんだ。いくつかの食べ物を出せる魔法を」

「へーっ。ある人ね。その人、どこにいるの？」

「森の中のどこかだよ。場所はよく覚えてないな」

僕はウソをついた。

「あの時は五日ぐらい森の中をさまよってたから」

「大変だったのね」

「君たちに追放されたせいなんだけど？」

「私は優樹くんを追放なんてしたくなかったよ」

「したくなかった？」

「うん。だって、私、優樹くんに興味あったから」

そう言って、エリナはグロスを塗った上唇を長い舌で舐めた。

「私、すごくイヤだったんだ。優樹くんを追放すること」

エリナは親指の爪を唇に寄せて、僕を上目遣いに見つめる。

「そんな風には見えなかったな。僕が追放される時も君は爪の手入れをしてたし。というか、君も僕の追放に賛成したじゃないか？」

「あれはしょうがないでしょ。私が反対票を入れてもどうにもならなかったし」

エリナは肩をすくめる。

「まあ、過去より未来の話をしようよ。私ね。優樹くんとなら契約してもいいよ」

「契約って？」

「一週間の恋人契約をするってこと」

エリナは意味深長な笑みを浮かべる。

「知ってるでしょ？　女子の中には男子と恋人契約してる子がいるってこと。自由時間に手に入れた食料を分けてもらったり、危険なモンスターから守ってもらえるようになる。その代わり、男子も気持ちいいことができるってわけ」

「……僕が君と契約すると思ってるの？」

「うん。わかってる。あなたは私のことを好きじゃない。多分、由那に好意を持ってるんでしょうね。あの子はあなたの追放に反対したし、幼馴染みなんだっけ？」

エリナは右手の指先で僕の膝に触れる。

「でも、由那はもう死んでるだろうし、男って、好きじゃない女でも抱きたいって思うものでしょ」

「全ての男がそうとは限らないよ」

「ふーん。なら、それを証明してみない？　私、どんな男でも夢中にさせる自信があるんだ。一週間もつき合えばね」

「つき合えば……か」

「うん。悪い話じゃないでしょ。元の世界なら絶対に手に入らない、極上の女を自由にできるんだから」

エリナは自身の胸の谷間に沿って人差し指をゆっくりと動かす。

「ふーん……」

僕はエリナを見つめる。

ここまで自分に自信がある女子って珍しいな。でも、エリナが美人なのは間違いない。読者モデルをやってるし、小顔でスタイルも完璧だ。

だけど、エリナは僕を好きってわけじゃなく、利用しようと考えているだけだ。僕とつき合えば、いつでもビッグマグドが食べられると思って。

「どう？　優樹くんが望むのなら、一ヶ月契約でもいいよ」

「……止めておくよ」

僕は首を左右に動かして、イスから立ち上がった。

「たしかに君はキレイだし、そういう契約に興味がないわけじゃない。でも、今の僕には他にやらなきゃいけないことがあるからね」

「……へーっ。断るんだ？」

エリナもイスから立ち上がって、僕に顔を近づける。

「ちょっと驚いたかな。私の誘いを断る男なんて、完璧超人の霧人くんぐらいかと思ったのに」

「ここは平和な日本じゃないからね。それに君は信用できないから」

「信用できない？」

「うん。君は由那さんが食料庫に入っていくところを見たんだよね？」

「それがウソだと思うの？」

エリナの茶色の眉がぴくりと動いた。

「あの時、副委員長の瑞恵も見てたんだよ？」

「二人とも由那さんを追放したい動機がありそうだけど」

「……私が由那の人気に嫉妬したって言いたいの？」

「断言はしないよ。でも、由那さんが干し肉を盗むとは思えない」

「まあ、今さら、そんなこと話しても意味ないし」

「そうでもないよ。由那さんは生きてるから」

僕の言葉にエリナの両目が大きく開いた。

「生きてる？」

「うん。偶然、森の中で見つけたんだ。それでいっしょに暮らそうと思って」

「……あぁ。そういうことか。だから、私との恋人契約を断ったわけね」

「違うよ。僕と由那さんは恋人ってわけじゃない」

僕は首を左右に振る。

「でも、大切で信頼できる仲間だと思ってるよ」

「つまり、由那だけは毎日ビッグマグドを食べられるんだ？」

「彼女がそれを望むなら」

「……」

数秒後、エリナは唇の両端を吊り上げた。

「たとえ、食べ物がなんとかなっても、危険な森の中で暮らすなんて自殺行為だと思うな。草や木で作った家でモンスターの襲撃を防げるわけないし」

「その時は学校に避難して、君たちに頭を下げるよ。『ビッグマグドを渡すから、どうか助けてください』ってね」

「それは楽しみね。あなたたちが死なない程度にモンスターに襲われることを期待してるわ」

そう言って、エリナは笑みの形をした唇を舐めた。

◇

校舎を出ると、巨大な二つの月が夜の森を照らしていた。

少し眠いけど、早めに家を建てて、隠れてる由那さんを迎えに行くか。

森クラゲが浮かぶ斜面を登り、丘の上に移動する。

まずは整地からだな。魔力キノコと地龍のウロコで地形操作の呪文を創造する。

目の前の草木が消え、地面が平地になった。

次は家だ。外観は前に家族で見学に行ったデザイナーズ住宅を参考にするか。変化の土で高強度の新素材コンクリートを作って、それに魔法耐性のある黒百合の花びらを混ぜる。これで呪文攻撃にも耐えられるはずだ。

あ……窓も魔法耐性のあるガラスにしておこう。

鉄筋が組まれ、型枠にコンクリートが流れ込む。さらに青黒い新素材コンクリートで外壁を作る。

やがて、三階建ての家が完成した。立方体をいくつも積み重ねたような形をしていて、ところどころに円形の窓が配置されている。

「次は内装だな。家具や家電も記憶石を使えばレシピがわかる。電気は魔力で代用できるようなアイテムを創造するか」

僕は魔法文字が刻まれた金属製の扉を開けて、家の中に入った。

次の日、由那を家の中に招き入れると、彼女の目が丸くなった。

「え……？」

由那はぽかんと口を開けて、一階のリビングを見回す。リビングは教室以上の広さがあって、中央には大きな木製のテーブルが設置されていた。

「……この家。優樹くんが作ったの？」

「創造魔法でね」

僕は正直に答えた。

「前に家族でデザイナーズ住宅を見学したんだ。その時に触った家具を再現してみたんだよ」

「エアコンも使えるの？」

由那は壁に設置されたエアコンに視線を向ける。

「うん。魔力を電気に変える発電機を創造したからね。お風呂も電気で沸かせるようにしてあるよ」

「えっ？　お風呂があるの？」

由那の瞳が輝いた。

「お風呂って本物のお風呂なの？　湯船にお湯が入ってる？」

「もちろんだよ」

僕は笑いながら、リビングの奥にある扉を指さす。

「あの扉の奥に通路があって、お風呂場に行けるよ」

「見てきていい？」

「あ、う、うん。いいよ」

僕がそう言うと、由那は扉を開け、早足で風呂場に向かう。

「うわーっ！　すごく大きい湯船だね。シャワーもついてる。わわっ、キレイな水が出たよ」

由那の嬉しそうな声が聞こえてきた。

「水も魔法の井戸を創造して、いくらでも使えるようにしてるから」

僕は思わず、頬を緩ませた。

やっぱり、女子だな。お風呂でこんなに興奮するなんて。まあ、今までは川で水浴びだったたし、当然か。

「あ、そうだ。お昼は『ボーノ池袋』のクリームパスタでいいかな？」

「……ええっ!?」

慌てて由那が戻ってきた。

「食べ物って、ハンバーガーだけじゃないの？」

「僕が食べた料理なら、創造魔法で再現できるんだ」

僕は記憶石でクリームパスタのレシピを手に入れ、それを滋養樹の葉で再現した。

平べったい木の皿に載った黄金色のクリームパスタが具現化された。

「ウソ……」

呆然とした顔で、由那はクリームパスタに顔を近づける。

「これ……本当にボーノ池袋のクリームパスタだ。エビとホタテが入ってて、バターの香りがして」

「ここのクリームパスタは絶品だよね。濃厚でソースだけでも美味しいし」

僕は木でできたフォークとスプーンを具現化する。

「フォークやスプーンも魔法で出せるの？」

「これは簡単だよ。素材は木だけでいいし」

「……創造魔法って、何でもできるんだね」

「素材さえあればね」

僕は自分の分のクリームパスタも具現化する。

「さあ、冷めないうちに食べようよ。その後で好きなだけお風呂に入っていいから」

「う、うんっ！」

由那は何度も首を縦に振った。

◇◇◇

その日の夜、僕は自分の部屋でベッドに寝転んでいた。

円形の窓から、巨大な月に照らされた森と校舎が見える。

今夜は蒸し暑いし、エアコンが使えない学校は大変だろうな。

やっぱり、家電がある生活って素晴らしいな。照明があれば、夜もいろんなことができるし。

とはいえ、今夜はちゃんと眠っておくか。明日は素材探しをしたい。

コンコンと扉を叩く音が聞こえ、由那が部屋に入ってきた。由那は僕が創造したクリーム色のTシャツとグレーの短パン姿だった。

「あれ？　どうかしたの？」

「……う、うん。ちょっと優樹くんにお願いがあって」

由那は顔を赤くして、僕に近づく。

「服のことなんだけど、よかったら……別のも欲しいなって」

「もしかして気に入らなかった？　妹の私服を触ったことがあったから、それを創造したんだけど」

「ううん。服は気に入ってるの。ただ……し、下着も欲しくて」

由那は恥ずかしそうに顔を伏せる。

「あ、あのね。二枚ずつ持ってて、洗濯して使ってたの。でも、もう少し欲しくて」

「ごっ、ごめん！　そこまで気づかなくて」

自分の顔が熱くなっているのがわかる。

「ううん。私こそ、変なお願いしてごめんなさい。そ、それで下着も創造できるのかな？」

「うん。服系は簡単に……あ……」

「どうかしたの？」

「女子用の下着に触ったことないから、記憶石の効果が使えなくて。見たことぐらいは……何度かあるんだけど」

「……それなら、触ってくれる？」

「え……？」

由那の言葉に、僕は口を半開きにした。

「でも、そんなのイヤじゃ……」

「イヤじゃないよ！」

由那はきっぱりと言った。

「こっちがお願いしてるんだし、下着は多いほうが嬉しいから。それに優樹くんなら……触られてもいいし」

「いいんだ？」

「……うん」

由那の瞳が月に照らされた湖面のように揺らめく。

口の中がからからに乾き、自分のノドがごくりと動いているのがわかる。

なんだろう。由那を見てると心臓の音が速くなる。もともと、美人で可愛かったけど、今は妖艶な魅力がプラスされた気がする。これってサキュバスの血のせいなんだろうか。

「じゃあ……」

由那は頬を赤らめたまま、僕の目の前でTシャツを脱ぎ始めた。

◇　◇　◇

二年A組の教室に十八人の生徒が集まっていた。

生徒たちの机の上には、プラスチックの器に入った野草のスープが置かれている。

「おいっ！　委員長！」

ヤンキーグループの力也が宗一をにらみつける。

「干し肉はないのか？　まだ、残ってるだろ？」

「あれは夕食用だよ」

宗一が冷たい視線を力也に向ける。

「保存してる食料は、だいぶ少なくなってるんだ。計画的に食事しないと、すぐに飢えてしまうよ」

「ちっ！　草のスープだけじゃ、力が出ないぜ」

「どうしても肉が食いたいのなら、自由時間を利用して獲ってくればいい。それなら、自分だけで食えるぞ」

「最近はゴブリンが群れで行動してて、一人で動き回るのは危険なんだよ」

「そうだな」

上位カーストグループで、ボクシングの高校チャンピオンの黒崎大我（くろさきたいが）がうなずく。

「ゴブリンは一匹ならたいしたことないが、十匹以上の群れは面倒だ。最近はオーガの数も増えてきたし、こっちもまとまって動くしかない」

「くそっ！　モンスターさえいなければ鳥や猪を狩りやすくなるのに」

力也がこぶしで机を叩く。

「優樹がいれば、またビッグマグドが食えたのになぁ」

アニメ好きの拓也が、ぼそりとつぶやいた。

その言葉に宗一の肩がぴくりと反応した。

「優樹の追放はクラス全員で決めたことだ。君だって追放に賛成したはずだぞ」

「そりゃそうだけど。僕はどっちでもよかったし」

もごもごと拓也が口を動かす。

「それならば、ホームルームでそう言えばよかったじゃないか。あの時、誰だって発言できたんだから」

「あ……う……」

拓也は宗一の視線から目をそらす。

「優樹くんは卑怯(ひきょう)だよ！」

副委員長の瑞恵がイスから立ち上がった。

「自分だけでビッグマグドを独占して。きっと、今だって、どこかでビッグマグドを食べてるはずよ！」

「あいつ、運がよかったんだ」

ヤンキーグループの四郎が歯をぎりぎりと鳴らした。

「まさか、ビッグマグドが出せる魔法を使えるようになるなんて」

「他の食べ物も出せるかもよ」

上位カーストグループのエリナが口を開く。

「優樹くんは『いくつかの食べ物を出せる魔法をある人から教えてもらった』って言ってたから」

「じゃあ、ポテトやチキンナゲットも出せるってこと？」

「そうかもね」

エリナの言葉に、生徒たちのノドが一斉に動いた。

「ね、ねぇ」

料理研究会の胡桃が手を挙げた。

「優樹くんの追放を撤回するのはどうかな？」

「撤回か……」

宗一が腕を組んで考え込む。

「……まあ、みんなが望むのなら、僕は構わないよ」

「いいじゃん。それ！」

野球部の浩二が、ぐっとこぶしを握る。

「優樹は役立たずじゃなくなったんだし、クラスメイトに戻してやろうぜ」

「ああ。ビッグマグドが食えるのなら、俺も賛成だ」

剣道部の小次郎が同意する。

「では、決を採ろう」

宗一が教壇に移動する。

「水沢優樹の追放を撤回する。これに反対する者はいるか？」

「……」

「いないな。では、今から水沢優樹は僕たちのクラスメイトだ」

「よし！　じゃあ、俺が優樹に伝えてきてやるよ」

浩二がイスから立ち上がった。

「あいつ、丘の上に家を建てようとしてるんだろ。もう、そんなことしなくていいってさ」

「ちょっと待って」

エリナがドアに向かおうとした浩二を呼び止めた。

「んっ？　どうしたんだよ？」

「その前に考えておいたほうがいいことがあるでしょ」

「何をだよ？」

「優樹くんが意地になって、追放されたままでいいって言った時のことだよ」

エリナは視線を宗一に向ける。

「そうなったらまずいよね。クラスメイトなら、お互いに協力して食べ物を分けろって言えるけど」

「大丈夫だ。僕に考えがある」

宗一がメガネの奥の目を細める。

「もし、優樹がクラスメイトに戻ることを拒否したら、学校の敷地に入る条件を厳しくする。たとえば、一日利用するのにビッグマグドを全員分渡す、とかね」

「それいいじゃん！」

浩二がぱちりと指を鳴らす。

「その条件なら、毎日、ビッグマグドが食えるぜ」

「そういうことだ。優樹が学校を利用できるのはあと一ヶ月だけだからな」

「優樹の奴、家を建てるみたいだけど、草と木の家じゃ、雨だって防げないぜ。虫も入り込みまくるだろうしさ。結局、学校が一番安全なんだよ」

「浩二の言う通りだ。校舎のように頑丈でなければ、モンスターの襲撃にも耐えられない。それ以前に一人……いや、由那と二人では、過酷な異世界を生き残ることはできない。食料がなんとかできても、それだけじゃダメなんだ」

　そう言って、宗一は唇の両端を吊り上げる。

「そうだな」とヤンキーグループのリーダー、恭一郎が同意した。

「学校を管理してる俺たちのほうが立場は上だ。こっちは十八人で行動できるしな」

「じゃあ、さっさと優樹のところに行こうぜ」

　力也が巨体を揺らして立ち上がった。

「あいつがぐだぐだ言うようなら、俺がこいつで黙らせてやるよ」

　力也は笑いながら、右手をこぶしの形に変えた。

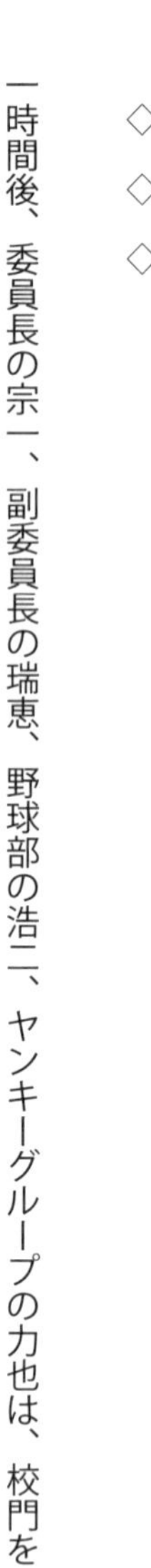

◇◇◇

　一時間後、委員長の宗一、副委員長の瑞恵、野球部の浩二、ヤンキーグループの力也は、校門を出て数百メートル先にある丘に向かった。

広葉樹が茂る斜面を登ると、先頭を歩いていた宗一の足が止まる。

「何だ……これは？」

ぽかんと口を開けて、宗一は青黒い三階建ての家を見上げる。家の周囲は平坦になっていて、二階と三階に円形の窓があった。

「こんな建物……ここにはなかったはずだ」

「あ、ああ」

隣にいた浩二が乾いた声を出す。

「もしかして、この家……」

その時、金属製の扉が開き、中から優樹が顔を出した。

◇◇◇

「あれ？　みんな、どうしたの？」

僕は呆然と扉の前に立っていた宗一に声をかけた。

「……優樹。この家はお前が建てたのか？」

「うん。二日前にね。何か用なの？」

「あ、いや。お前に話したいことがあって」

「じゃあ、家の中で話を聞くよ。どうぞ」

僕は四人を迎え入れた。

一階のリビングに入ると、浩二が僕の肩を掴んだ。

「お、おい。この部屋、何で涼しいんだ？」

「エアコンを使ってるからだよ」

僕は浩二の質問に答えた。

「今日は少し蒸し暑いから、二十六度に設定してるんだ」

「どうして、エアコンが使えるんだよっ？」

「魔法の発電機があるからね。だから電化製品は全部使えるよ。冷蔵庫も洗濯機も温水洗浄便座付きの水洗トイレも」

「……お前、食べ物を出せる魔法を使えるだけじゃなかったのか？」

「他の魔法が使えないなんて言ってないよ」

僕は肩をすくめる。

「待て待てっ！　その発電機があれば、学校にあるエアコンや冷蔵庫も動くってことか？」

「動くよ。もちろん、照明も寮にある洗濯機も使えるかな」

「……」

「で、話って何？」

「あ、ああ」

宗一が動揺した様子でメガネの位置を調整する。

「今朝のホームルームで君の追放が撤回された」

「撤回？」

「そうだ。君は僕たちのクラスメイトに戻ることになる。当然、学校への出入りも自由だ」

宗一は頬を痙攣させて笑顔を作る。

「君のケガは治ったし、魔法を使えるなら役立たずじゃない。いや、うちのクラスのエースだよ」

「つまり、エースに値する活躍を期待してるってことか」

「ああ。君は森での探索も見張りもする必要はない。毎朝、ビッグマグドを出してくれるだけでいいんだ。それと発電機も提供してくれるのなら、さらにいい条件をつけよう」

「どんな条件？」

「副委員長。説明してやってくれ」

宗一は隣にいる瑞恵に視線を送る。

「優樹くん。あなたに一ヶ月の恋人契約の権利をあげる。選べる女子は、雪音、奈留美（なるみ）、千春（ちはる）の三人。もちろん、本人たちも了承してる」

「恋人契約か……」

「あなたが由那といっしょにいることは知ってる。だけど、由那はガードが固くて、やりたいことやれないでしょ。でも、この三人は好きなことができるよ。優樹くんが望むこと、全てをね」

「おおーっ！　やったじゃん、優樹！」

浩二が僕の肩をパンパンと叩いた。

「雪音は清楚な感じの美人だし、千春はエロいしさ。奈留美だって、性格はきついけど、外見は悪くないぜ」

「……そういう条件か」

僕がエリナの誘いを断ったことは知らないみたいだな。エリナもプライドがあるから、話さなかったのか。

「なぁ、優樹」

宗一が柔らかい声を出した。

「僕たちは協力すべきじゃないか。お互いに足りないところを補って」

「足りないところ？」

「ああ。この家は頑丈そうだし、食料も問題ないだろう。でも、ずっと、ここに引きこもっているわけにもいかないよな？　それに……」

「それに何？」

僕の質問に、宗一の唇の両端が吊り上がる。

「君が僕たちのクラスメイトに戻らないのなら、学校への立ち入りの条件を変更させてもらう。これからは、一日利用するごとにビッグマグドを全員に渡してもらおうじゃないか」

「……ずいぶん変わったね」

「ああ。君にとっては残念だろうが」

「じゃあ、戻らないよ」

「あぁっ⁉」

宗一はアゴが外れたかのように大きく口を開けた。

「……い、いいのか？」

「うん。恋人契約には興味ないし、当分学校に行く気もないから。電化製品が使えるこの家で過ごすほうが快適だし」

「おいっ！　優樹！」

今まで黙っていた力也が野太い声を出した。

「あんまり調子に乗ってるんじゃねぇぞ。ここには警察はいないんだからな」

「どういう意味？」

「そのまんまの意味さ。クラスメイトに暴力を振るう気はなかったが、よく考えたら、お前はクラスメイトじゃなかったな」

力也の大きな手が僕の上着を掴んだ。

「食い物が出せて家が作れたとしても、暴力には勝てないんだよ。それとも、人を攻撃する魔法も使えるとでも言うのか」

「使えるよ」

「……あぁ？」

力也の目が大きく開いた。

「はったり抜かすんじゃねぇ！」

力也は僕をにらみつける。

「いや、はったりじゃないよ」

僕は力也の手首を掴んで、言葉を続ける。

「というか、食べ物や家を出せるんだから、攻撃呪文ぐらい使えるって想像できないかな？」

「そんな漫画の常識なんて、知らねぇよ」

力也は僕の手をふり払って後ずさりする。

「……おいっ！　本当に攻撃呪文なんて使えるのか？」

「君相手に試してみようか？」

「……いっ、いや」

力也の額に汗が滲んだ。

「優樹……」

宗一が掠れた声を出した。

「お前、どこで魔法を覚えたんだ？」

「エリナさんから聞いてるよね？　森の中で出会った人から教えてもらったんだよ。あ、場所は覚えてないから」

僕はウソをついた。

まあ、みんながあの場所でアコロンに会えたとしても、世界に一つしかない特別な本は消えてしまったからな。創造魔法を覚えるのは無理だろう。

「僕と同じように五日ぐらい森の中をさまよえば、見つけられるかもしれないね」

「ね、ねぇ、優樹くん」

瑞恵が口元をぴくぴくと動かして、僕に歩み寄った。

「雪音たちがダメなら、エリナか百合香はどう？　あの二人は芸能事務所にスカウトされたこともあるみたいだし、私が交渉しても……」

その時、階段から由那が下りてきた。

宗一、浩二、力也の視線が由那に移動する。三人の目が丸くなり、口が開いたまま停止した。

「……由那か？」

宗一の言葉に由那は首をかしげた。

「どういう意味？」

「あ、いや。前と雰囲気が違う気がして……」

宗一は頬を赤くして、メガネの位置を調整する。

浩二と力也の顔も赤くなっていて、ノドが大きく動いていた。

「ちょっと、由那」

瑞恵が由那の顔を覗き込んだ。

「……あなた、キレイになってない？」

「え？　そうかな？　あ、お風呂に入ったからかも」

由那はつやのある黒髪に触れながら答えた。

「いや、そんなんじゃないい。肌がきめ細かくなってるし、瞳の色が少し違う気がするわ」

「自分じゃ、よくわからないけど……」

由那は首をかしげて、ぎこちなく笑う。

「私は私だよ。ちゃんとみんなのことも覚えてるし」

「……そ、そう」

瑞恵は唇を歪めて、由那から視線を外した。

「なっ、なぁ、由那」

目を血走らせた浩二が由那に近づいた。

「お前からも優樹に言ってやってくれよ。協力していっしょに生きていこうってさ」

「協力して？」

「あ、ああ。優樹がいれば、学校で快適に過ごせるんだ。暑苦しい日にはエアコンをつけられるし、冷蔵庫で食料の保存もできる。洗濯だって楽になるじゃないか」

「でも、私たち、追放されちゃったから」

「もちろん、二人の追放を撤回するって。そうだろ？　委員長」

「……あ、ああ」

宗一が何度も首を縦に動かす。

「学校に戻ったら、すぐにホームルームを開こう。もう優樹のことは話がついてるし、きっと君の追放も撤回される。いや、僕が撤回させてみせる！」

「待ってよ！」

瑞恵が宗一のシャツを掴んだ。

「私は反対だよ。優樹くんが戻ってくるのはいいけど、由那はダメだから！」

「俺はいいと思うぜ」

力也が由那を見つめながら、唇を舐めた。

「もともと、俺は由那が干し肉を盗んだとは思ってなかったからな」

「私とエリナがウソをついてるってこと？」

「いや。お前たちは由那が食料庫に入っていくのを見ただけだろ？　他の奴が食ったのかもしれないぜ」

「だけど、状況的には……」

瑞恵と男子たちが口論を始めた。

サキュバスの血が混じった由那の魅力に、宗一たちは惹かれてるんだろう。そして、宗一が好きな瑞恵は、それがイヤってわけか。

「由那さん……」

僕は由那の耳元に口を寄せた。

「由那さんは学校に戻りたくないんだよね？」

「う、うん」

由那はこくりとうなずく。

「私は……優樹くんといっしょにいたい……かな」

「……わかった」

僕は口論を続けている宗一に歩み寄った。

「委員長。僕も由那さんも学校に戻る気はないから」

「まっ、待てっ！」

宗一が僕の肩を掴む。

「よく考えろ！　魔法が使えたとしても君たちは二人なんだ。僕たちといっしょに行動したほうが安全だぞ」

「そうかもしれないね。でも、寄生虫扱いされるよりいいし」

「いっ、いや。それは……」

宗一は口をぱくぱくと動かした。

「まあ、学校の施設を使いたくなったら、ちゃんとビッグマグドを全員分用意するよ。ついでにポテトとコーラをつけてもいいし」

「ポテトとコーラだとっ!?」

宗一の声が裏返った。

「うん。熱々のポテトとキンキンに冷えたコーラをね」

宗一たちのノドがうねるように動いた。

その日の夜、僕は一階のリビングで由那と食後のコーヒーを飲んでいた。

冷房が効いた部屋で飲む熱いコーヒーはすごく美味しい。

由那もミルクをたっぷりと入れたコーヒーを口にして、幸せそうな笑みを浮かべている。

「由那さん。ちょっと話があるんだけど」

「んんっ。何？」

由那はコーヒーカップを口から離した。

「アコロンが教えてくれた町に行ってみようと思ってるんだ」

「町って、たしか、百キロ以上離れてるんだよね？」

「うん。ただ、一度行けば、転移の呪文で簡単に戻ってこられるから」

「目的は魔王討伐の仲間集め？」

「……そうだね」

僕はコーヒーを一口飲む。

「アコロンに創造魔法を教えてもらわなかったら、僕はきっと死んでた。その恩を返したいんだ。

それに、この森にない素材も手に入れたいし」

「それなら、私もいっしょに行きたい」

「由那さんも？」

僕は真剣な顔をした由那を見つめる。

「森の中の移動になるし、町に着くまで十日以上かかるかもしれないよ？　この家にいたほうが安全だと思うけど」

「私は優樹くんといっしょにいたいの。それに私……強いから」

「強い？」

「うん」と言って、由那はイスから立ち上がり、重さ百キロを超える木製のテーブルを片手で持ち上げた。

「え……？」

驚きの声が僕の口から漏れた。

「多分、あの秘薬のせいだと思う。動きも速くなったし」

「動きも？」

「う、うん。部屋でいろいろ試してみたの」

恥ずかしそうに由那はテーブルを下ろした。

「多分、今の私なら、男子より強いと思う」

「そう……だろうね」

僕は目の前のテーブルを見つめる。

百キロ以上のテーブルを片手で持ち上げるなんて、力自慢の力也だって無理だ。男子どころか、オーガよりも力が強いかも……。

「私、怖かったんだ。自分が変わってしまったこと」

「……わかるよ」

「でも、今は嬉しいかも。だって、この力で優樹くんの役に立てるから」

由那は笑顔で右腕を直角に曲げ、力こぶのポーズを取る。

「だから、私も連れてって！」

僕を見つめる由那の瞳が揺らめいた。

また、自分の体が熱くなるのを感じた。由那の目を見ていると、心が吸い込まれてしまうような気持ちになる。

このまま、由那を抱きしめたい。柔らかな肌に触れてみたい。そうだ。由那は僕のことを好きって言ってくれた。

それなら少しぐらい触ったって……。

僕は由那から視線をそらして、深呼吸をした。

落ち着け。あの時、由那は正気じゃなかった。サキュバスの血のせいで、おかしくなってたんだ。

「どうかしたの？　優樹くん」

由那が僕に顔を近づけた。

「あ、いや。何でもないんだ」

首をぶんぶんと左右に振って、僕は心を落ち着かせた。

「わかった。いっしょに行こう。強い前衛がいると僕も魔法を使いやすくなるから」

「うんっ！　私が優樹くんを守ってあげるね」

そう言って、由那は嬉しそうに笑った。

　次の日の朝、僕たちは冒険者風の服に着替えて家を出た。武器は火属性の魔法が付与された短剣にした。服も武器も創造魔法で作ったものだ。

　食料は滋養樹の葉と記憶石があれば大丈夫だし、野宿用のテントも最新の物をダールの指輪に収納している。

「由那さん。これをつけてくれないかな？」

　僕は由那に小豆色のフレームのメガネを渡した。

「これは由那さんの魅力を抑える効果があるメガネなんだ」

「魅力って？」

　不思議そうな顔で由那は首をかしげる。

「……気づいてないみたいだけど、サキュバスの血のせいで、君……すごく男を引きつけるようになってるよ」

「引きつける？」

「えーと……こっ、興奮するみたいな……」

「あ……そう、なんだ？」

「うん。昨日、委員長たちも君を見て、顔を赤くしてたし」

僕は由那の目を見ないように視線を足元に向ける。

「僕も気になるから、メガネをかけてくれると助かる……かな」

「優樹くんも私に興奮するってこと？」

「……ごめん」

僕は由那に謝った。

「君を見てたら、体が熱くなる感じがして」

「あっ、謝ることじゃないよ」

由那は、ばたばたと両手を左右に動かす。

「サキュバスの血のせいだし、イヤってわけじゃないから」

「え？　イヤじゃないの？」

「うん。自分に好意を持ってくれてるってことだから。それに優樹くんなら……」

「僕なら？」

「ううん。何でもない」

由那は恥ずかしそうにメガネをかけた。

「どうかな？」

「……うん。似合ってるよ」

僕はメガネをかけた由那を見つめる。

由那は小顔だから、ちょっと大きめのメガネが合ってるな。アンバランスな感じがして。でも、あんまり魅力がなくなった感じはしない。やっぱり、キレイで可愛く見える。

「……じゃ、じゃあ、行こうか」

　僕と由那は町がある東に向かって、森の中を歩き出した。

　十一日後、高い塀(へい)に囲まれた町が視界に入った。近くには川が流れていて、塀にある門の前には多くの荷馬車が停まっている。

「ここが、ヨタトの町か」

　僕はアコロンから聞いた町の名を口にした。

　錬金術が盛んな町で、大きな冒険者ギルドもあるらしい。旅人や商人の出入りも多く、異界人の僕たちでも問題ないみたいだ。

　何故か、この世界は言葉も通じるようだし、なんとかなるだろう。


　巨大な門を通り抜け、僕たちは町の中に入った。

　大通りの左右には様々な店があり、多くの人々が行き交っていた。短剣やロングソードを持った冒険者、だぶだぶのズボンをはいた商人。耳の尖ったエルフや頭部に獣(けもの)の耳を生やした女。こんな光景を見ていると、自分たちが異世界にいることを再認識させられる。

「とりあえず、アイテム屋に行こう。いろいろ欲しいレア素材もあるし」

「でも、お金はどうするの？」

隣を歩いていた由那が質問した。

「素材を組み合わせて作った回復薬を売るよ。高く売れる品質になってるはずだから」

「そんなこともわかるんだ？」

「うん。不思議な本に触れたおかげで、創造魔法や錬金術に関する知識はあるんだ」

僕は視線を二階建ての店に向ける。

看板に書かれた異世界の文字が日本語に変換される。

「ねぇ、由那さん。由那さんもこの世界の文字が読める？」

「あ……うん。読めるよ。あの店は武器と防具の店でしょ」

「そっか。じゃあ、言葉と文字はクラスのみんなもわかるんだろうな」

ここが地球でないのは間違いないけど、一日は二十四時間みたいだし、共通点もいっぱいある。言葉や文字がわかるのも、何か理由があるのかもしれない。

そんなことを考えながら、僕と由那は裏通りの小さなアイテム屋に入った。二十畳ほどの店の中は薄暗く、棚には多くのアイテムと素材が並んでいた。

ケガを治す呪文や回復薬を作るのに必要な夢月草。軽くて硬い防具を作るのに必要な『ガリム鋼（こう）』。血や脂（あぶら）を弾（はじ）く剣を作れる『イロン粉』。あ……レア素材の『水晶龍のウロコ』もあるぞ。なかなか品揃えがいいな。

「いらっしゃーい」

店の奥から二十代後半くらいの女が姿を見せた。

「何かご用ですか？」

「回復薬を売ろうと思って。それと素材も欲しくて」

「はいはい。錬金術師さんですね。では、回復薬を見せていただけますか。査定しますから」

「よろしくお願いします」

僕は半透明の小ビンに入った回復薬をカウンターの上に置いた。

「それでは……」

女は小ビンのフタを開け、銀色の針を回復薬につけた。その針を魔法陣が刻まれた木箱に入れる。

「この木箱は回復薬の質を調べるマジックアイテムです。魔法陣の輝く色が赤に近いほど、高品質の回復薬で……」

その時、木箱に刻まれた魔法陣が店内を赤く照らした。

「えっ？　ええーっ？」

女は大きく口を開けて、木箱に顔を近づける。

「……ウソっ！　最高品質の回復薬だわ」

「ってことは、高く買ってもらえますね」

「ちょ、ちょっと待って。この回復薬をあなたが作ったの？」

「はい。素材が少なくて、十個しか作れませんでしたが」

僕はカウンターの上に小ビンを並べる。

「あなた……」

女は僕の顔をじっと見つめる。

「この品質の回復薬って、特級の錬金術師しか作れないはずなんだけど」

「創造魔法のレシピで創造したからかもしれません」

「創造魔法っ⁉」

女の声が裏返った。

「創造魔法って、アコロン様しか使えないはずよ」

「アコロンを知ってるんですね？」

「もちろんっ。アコロン様は錬金術を超える創造魔法を生み出した英雄だから。残念ながら、魔王ゾルデスに殺されちゃったけど」

女はため息をつく。

「で、あなた、本当に創造魔法を使えるの？」

「はい。アコロンに教えてもらったんです」

僕は正直に答えた。

「へーっ。アコロン様に弟子がいたなんて知らなかったわ。でも、この回復薬は最上級の物だし、本当のことなんでしょうね」

女は目を細めて、何度もうなずく。

「わかった。創造魔法で作った回復薬なら高く売れるだろうし、買い取りも高くしてあげる。その代わり、また回復薬を作ったら、私の店に持ってきてね」

　そう言って、女は小さく舌を出した。

　回復薬を売ったお金で魔石やレア素材を買い、僕たちはアイテム屋を出た。

　外は既に暗くなっていて、夜空には二つの月が浮かんでいる。一つは地球の月より五倍以上大きく、もう一つの月は赤みがかっていた。

　どこからか肉を焼く匂いがしてくる。

「由那さん。せっかくだから、異世界の料理を食べてみようか。お金も残ってるし」

「うん。私も興味あるかな」

　由那が瞳を輝かせる。

「じゃあ、大通りの店で……」

「おいっ！　そこの兄ちゃん」

　野太い声が背後から聞こえた。

　振り返ると、そこには体格のいい二人の男が立っていた。男たちは革製の鎧（よろい）を装備し、腰にはロングソードを提（さ）げている。年齢は二十代後半ぐらいだろうか。どっちもアゴに黒いひげを生やしていた。

「何か用ですか？」

僕は男たちに質問した。

「あぁ。お前、品質の高い回復薬を作れるみたいだな」

どうやら、この男たちはアイテム屋で僕と店員の女との会話を聞いていたようだ。

「それが何か？」

「お前を『黒鷹の団』に入れてやる」

「黒鷹の団？」

「何だ。他の町から来たのか？　黒鷹の団はAランク冒険者のガルエス様がまとめている団だ。団員は百人以上いて、ヨタトの町では五本の指に入る実力の団だぜ」

「ラルクの言う通りだ」

隣にいた男が口を開いた。

「団に入れば、安全に金が稼げるぞ。五十人以上の仲間がいて、リーダーがAランク以上でないと団は結成できないからな」

「僕を勧誘した目的は回復薬ですか？」

「ああ。仲間に優秀な錬金術師がいれば、店で回復薬を買わなくてもよくなる。他にも武器作りや裏方の仕事を頼むこともできる」

ラルクと呼ばれた男がにやりと笑った。

「もちろん、お前だけじゃなく、隣の女も仲間にしてやる。戦闘以外にも使えそうだしな」

「なるほど……」

僕は二人の男を交互に見る。

なかなか実力ある人たちみたいだけど、がらが悪いな。

「質問があるんですが」

「おう。何でも聞いてくれ」

「僕の目的は魔王ゾルデスの討伐なんですが、それを手伝ってもらえるんでしょうか？」

「魔王ゾルデスの討伐だと？」

「はい。そうです」

「……ははは、はっ！」

男たちは顔を見合わせて笑い出した。

「冗談はよせよ。そんなのは軍隊と英雄を目指す奴らにまかせときゃいいんだ」

「ああ。それでもゾルデスを倒せるわけねぇしな。無駄なことだ」

「無駄……ですか？」

「そうだ。たしかにゾルデスを倒せば、一生遊んで暮らせるさ。英雄になって、金にも女にも不自由はしなくなる。だが、それは不可能なのさ」

ラルクは肩をすくめる。

「ゾルデスは魔族の中でも最強の生物だ。奴と奴の配下に滅ぼされた町や村は百以上ある。そんな化け物を倒そうなんて、頭のネジが抜け落ちてるとしか思えねぇぞ」

「それなら、あなたたちの仲間になることは止めておきます」

僕は丁寧な口調で言った。

「……あぁっ？」

ラルクが太い眉を吊り上げた。

「お前、黒鷹の団の誘いを断る気か？」

「目的が違うから、しょうがないよ」

「……バカな奴だ。素直に仲間になっていれば、痛い目に遭うこともなかっただろうに」

「痛い目って？」

「こういうことだよっ！」

突然、ラルクが僕に殴りかかった。

僕の顔面に迫ったそのこぶしを止めたのは由那だった。

「おっ……お前……」

ラルクは呆然とした顔で、手のひらで男のこぶしを受け止めた由那を見つめる。

やっぱり、驚くよな。由那のスピードとパワーには。

由那は秘薬のせいでモンスター化している。パワーはオーガ並だし、スピードも人間の限界をはるかに超えている。ここまでの旅も由那のおかげで、モンスターに襲われても楽に撃退できた。

「ぐあっ！」

ラルクが右手を押さえて、後ずさりした。

由那がラルクのこぶしを強く握ったようだ。

「ぐっ、てっ、てめぇ……」

「優樹くんを殴ろうとしたよね？」

由那がメガネの奥の目を細めて、一歩前に出た。

「お前……」

ラルクの額に汗が滲む。

「どうして、俺のパンチを受け止められる？」

「そんなのどうだっていいでしょ」

由那の口から、いつもより低い声が出た。

「それより、私も殴っていいよね？」

「な、殴る？」

「うん。あなたが先に優樹くんを殴ろうとしたんだから」

由那は笑顔で右手をこぶしの形に変える。

「一応、手加減するけど、死んじゃったらゴメンね。森の中で殴ったオーガはお腹が陥没しちゃったから」

「あ……」

ラルクの顔が蒼白になった。

「……くっ、くそっ！　後悔するなよ！」

ラルクたちは背を向けて逃げ出した。

どの世界にもあんなタイプはいるんだな。自分の考えを押しつけてきて、それが通らないと暴力に訴えるタイプ。

今回は由那が助けてくれたけど、これからは注意したほうがいいな。突然、武器で攻撃される可能性だってあるんだし。

「由那さん、ありがとう。助かったよ」

「ううん。優樹くんを守るのが私の役割だから」

由那は恥ずかしそうに頬を染めた。

「それにしても、あいつが僕を殴ろうとするってよくわかったね」

「あんまりいい人に見えなかったし、最初から警戒してたから」

「そっか。僕も気をつけないとな」

僕は夜空に浮かぶ二つの月を見上げる。

僕たちはこの世界のことを何も知らない。もっと用心深く行動して、多くの情報を手に入れないと。

◇　◇　◇

優樹が作った家の前に十人の生徒たちが集まっていた。

「あぁ、ダメだよ。これ」

木のハシゴに登って窓ガラスを壊そうとしていた、ヤンキーグループの四郎が首を左右に振った。

「普通のガラスじゃないみたいだ。石程度じゃ傷さえつかないよ」

ヤンキーグループのリーダー、恭一郎が舌打ちをする。

「くそっ！　扉も頑丈だし、中に入るのは難しいか」

「なんとかならないの？」

副委員長の瑞恵が口を開いた。

「この家なら、電気が使えるのよ。エアコンも冷蔵庫もお風呂もあったし」

「水も自由に使えるってことか」

恭一郎は鋭い視線で頑丈な扉をにらみつける。

「食べ物を出すだけじゃなかったんだな。奴の魔法は」

「何で優樹くんを追放しちゃったんだろ……」

文学部の雪音が、ぼそりとつぶやいた。

「優樹くんと仲良くしてれば、この家が使えたのに」

「今さら、そんなことを言っても意味がない」

委員長の宗一が冷たい視線を雪音に向ける。

「それよりも、この家に入る方法を考えたほうがいい。優樹たちが戻ってくる前に」

「無理だって」

野球部の浩二が頭をかく。

「窓ガラスは割れないし、壁はコンクリだからな。扉だって鉄より硬いし。こりゃ、どうにもならねぇよ」

「くそっ！」

ヤンキーグループの巨漢、力也が家の壁を蹴った。

「優樹の奴、調子に乗りやがって！」

「調子に乗るだけの力を手に入れたからな」

剣道部の小次郎が言った。

「元の世界の食い物が出せるだけじゃなく、こんな家まで建てられるのなら、俺たちなんて必要ないだろ。攻撃呪文も使えるようだし」

「そのことだけどさ」

四郎がハシゴの上から、宗一に声をかけた。

「あいつ、本当に攻撃呪文を使えるの？」

「……わからない。ただ、本人は使えると言ってたな」

「それ、ウソなんじゃないかな」

「ウソか……」

「うん。そう言っておけば、力也くんも手を出しにくくなるだろ？」

同意を求めるように、四郎はクラスメイトたちを見回す。

「だから、本当に攻撃呪文が使えるかどうか試してみたらどうかな？」

「どうやって試す？」

宗一が四郎に質問する。

「たしかに優樹に殴りかかれば、攻撃呪文が使えるかどうかわかる。だが、本当に使えたら、殴りかかった相手は大ケガをするぞ。いや、死ぬかもしれない」

「そうだね」とアニメ好きの拓也が言った。

「アニメだとさ。攻撃呪文って、めっちゃ強いんだよね。炎の矢とか光の球とか。そんなの食らったらヤバいって。ここには医者もいないんだし」

拓也の言葉に四郎の唇が歪んだ。

「ねぇ、委員長」

上位カーストグループの百合香が宗一の肩に触れた。

「優樹くんに言うこと聞かせる方法、教えてあげようか？」

「そんな方法があるのか？」

宗一の視線が百合香に向いた。

「まあね」

百合香は切れ長の目を細める。

百合香は身長が百七十センチと高く、中性的な魅力がある女子だった。髪はショートボブで顔立ちが整っている。足も長くスポーツ万能で、弓道部に入っていた。

「由那を人質に取っちゃえばいいのよ」

「由那を？」

「そう。優樹くんは由那を気に入ってるみたいだから。あの子を学校に監禁しておけば、言うこと聞いてくれると思うよ」

「なるほど……」

　宗一のノドがうねるように動いた。

「悪くない手だな」

「でしょ。しかも男子は由那を自由にできる。もちろん、私もね」

　百合香は端正な唇を舌で舐めた。

「もともと、由那は魅力的で可愛かったからね。その由那が、もーっとキレイになってるのなら、私もあの子を手に入れたい」

「……欲望に忠実なんだな」

「それは委員長や他の男子も同じでしょ？」

　百合香は男子たちを見回す。

「まあ、女子の中で、一番男子の気持ちがわかるのは私だからね。可愛い女子に自分の欲望をぶつけたいって思ってる仲間なんだから」

　その言葉に男子たちの顔が強張る。

十数秒の沈黙の後、恭一郎が口を開いた。

「まあ、いいさ。優樹も由那も、もうクラスメイトじゃないんだ。何をしたって、文句は言わせねぇ。仮に殺したとしても、ここは異世界だ。警察に捕まることもないし、裁判で死刑になることもないんだからな」

恭一郎は唇の片方の端を吊り上げて笑った。

◇　◇　◇

僕と由那は、ヨタトの町の中央にある冒険者ギルドの前に立っていた。

冒険者ギルドは四階建てで、入り口の前には多くの冒険者たちが集まっていた。人間だけではなく、エルフや獣人もいる。武器はロングソードや短剣が多く、歪んだ杖や弓を持っている者もいた。

彼らの声が耳に届く。

「やっぱりゴブリン退治の仕事は渋いな。もう少し報酬増やしてもらわねぇと」

「なら、盗賊退治はどうだ？　ラテス山にいる盗賊退治は報酬が高いぞ」

「あれは無理だ。盗賊の数が多すぎて、うちの団全員で依頼を受けても、こっちが全滅するだけさ」

「パーティーでやれる小さな仕事のほうがいいんだがな。団を通すと報酬が減っちまうし」

「じゃあ、貴族の馬車の護衛はどうだ？　上手くいけば、戦わずに金を稼げるかもしれないぞ」

「ははっ。そうなったら、楽でいいな」

いろんな仕事があるみたいだな。

まあ、僕の目的は冒険者登録をして、身分証明ができるようにしたいだけだ。当分、仕事を受ける必要はない。お金は森で素材を集めて回復薬を作れば、なんとかなりそうだし。

僕と由那は大きな扉を開いて、冒険者ギルドの中に入った。

「すみません」

僕はカウンターの奥にいるエルフの女に声をかけた。

「冒険者登録をしたいんですけど」

「あ、はい。初めての方ですね」

エルフの女は十代後半ぐらいに見えた。髪は金色で瞳は緑色。両方の耳はぴんと尖っている。

「私は受付のエルネです。よろしくお願いします」

エルネは僕たちに向かって頭を下げる。

「それではイスにお座りください。早速、登録の手続きを始めますので」

僕と由那はカウンターの前のイスに座った。

「まずはお名前から教えてください」

「水沢優樹です」

「優樹……ああ、異界人の方ですか」

「はい。異界人でも冒険者になれますよね？」

「ええ。問題ありませんよ。過去に何度かありましたから」

エルネは慣れた様子で、僕の名前らしき文字を黄白色の紙に書く。

「えーと……元の世界では戦闘経験などありますか？　剣術を習っていたとか？」

「いいえ。普通の学生でした」

「なるほど。この世界に転移したのは、どのぐらい前ですか？」

「三ヶ月ぐらいです」

「……うん。人格的な問題もなさそうですね」

エルネはカウンターの上に茶色のプレートを置いた。それは縦二センチ横四センチの大きさで、異世界の文字が刻まれていた。

「これはFランクの冒険者にお渡しするプレートです。身分証にもなりますので、なくさないようにしてくださいね」

「Fランクですか？」

「はい。冒険者にはランクがあるんです。特例を除いて、最初はFランクから始めます。そして実績によって、E、D、C……とランクが上がっていくんです」

「最高はSランクですか？」

「その通りです。といっても、Sランクになれる冒険者は一万人に一人もいませんけどね」

笑いながらエルネは言った。

「まあ、最初はランクを上げるより死なないことを目標にしてください。冒険者は危険な仕事ですから」

「危険な仕事か……」

「はい。ですから、早めに信頼できる仲間を見つけてパーティーを組むか、強いリーダーがいて、大人数の団に入ることをオススメします」

「黒鷹の団とかにですか？」

「あれ？　黒鷹の団をご存じなんですか？」

驚いた顔でエルネが僕に質問した。

「はい。昨日の夜、勧誘されたんです。断りましたけど」

「えっ？　断ったんですか？　なかなか実績のある団なんですが」

「彼らと僕の目的が違ったんです」

「目的って何なんですか？」

「魔王ゾルデスの討伐です」

「まっ、魔王っ⁉」

エルネの緑色の目が丸くなった。

「……あのぉ、ゾルデスのこと、知ってます？」

「はい。百万の配下がいて、西の大国を滅ぼした最強の魔族なんですよね」

「それを倒す、と？」

「恩義のある人に頼まれたことだから」

「……はぁ」

エルネは口を半開きにして、僕を見つめる。

「それが優樹さんの目的なら、黒鷹の団では無理でしょうね」

「どこの誰なら可能なんでしょうか？」

エルネは首を斜めに傾ける。

「うーん。魔王の討伐には国の協力も必要ですし、国を動かすには団やパーティーの実績が重要になります。Sランクの冒険者が複数いる『金龍（きんりゅう）の団』か『白薔薇（しろばら）の団』あたりなら、強さは申し分ありませんが、それでもゾルデスに勝てるとは思えません」

「そう……ですか」

「まあ、現実的には厳しいでしょう」

エルネは、ふっと息を吐く。

「本気でゾルデスを倒したいのなら、優樹さん自身もSランクの冒険者以上の力を身につけるしかないでしょうね」

「Sランク以上か……」

「ええ。創造魔法を生み出したアコロン様のパーティーでも、ゾルデスを倒せなかったんですから」

　その言葉に僕の肩が、ずっしりと重くなった。

　転移の呪文で家に戻ると、扉に手紙が挟(はさ)まっていた。

「んっ？　何だこれ？」

　僕は手紙を開いて、中に書かれた文字を目で追った。

『水沢優樹、高崎由那へ。話したいことがあるので、学校に来て欲しい。宗一』

「何の用だろう？」

「どうかしたの？」

　隣にいた由那が僕に顔を寄せた。

「委員長が学校に来いってさ。僕だけじゃなく由那さんも」

「えっ？　私も？」

　由那が首をかしげる。

「僕だけなら食べ物の話だろうけど、由那さんもってなると、ちょっとわからないな」

「行くの？」

「……そうだね。理不尽な要求だったら、断ればいいし」

僕と由那は学校に向かって歩き出した。

◇　◇　◇

校門の前に、副委員長の瑞恵と料理研究会の胡桃がいた。

瑞恵が真一文字に結んでいた唇を開いた。

「二人とも手紙を見たのね」

「うん。で、話って？」

「それは委員長に聞いて。三階の教室にいるから」

瑞恵は視線を由那に向ける。

「それと、由那。あなたに渡したいものがあるの」

「渡したいもの？」

「寮にあったメイク道具を女子で分けることになったの。あなたにも、いくつか渡そうと思って」

「でも、私……追放されて」

由那が驚いた顔で瑞恵を見つめる。

「女子全員で話し合ったの。あなたにも少しは渡したほうがいいって」

「……あ、ありがとう」

「じゃあ、こっちに来て」

胡桃が由那の手を掴んで、寮に向かって歩き出す。

「優樹くん。あなたは教室ね」

瑞恵が背後にある校舎を親指でさして、口角を吊り上げた。

◇　◇　◇

教室のドアを開くと、中に十人の生徒たちがいた。

「やあ、待っていたよ」

宗一が笑いながら、僕に歩み寄る。

「遠出をしていたようだね。どこに行ってたんだい？」

「……東にある町にだよ」

「町？　町があるのか？」

宗一が驚いた声を出した。

「うん。森の中を十日以上移動しないといけないけどね」

「十日か……」

「もし行くのなら、気をつけたほうがいいよ。途中でオーガの群れに遭ったし、ドラゴンも見かけたから」

「ドラゴンもいるのか？」

「全長二十メートルぐらいのがね」

僕は東の方向を指さす。

「ここから四日ぐらい歩くと湖があって、そこで水を飲んでたよ」

「戦ったのか？」

「まさか。すぐにその場から離れたよ。見ただけで強いってわかったし」

僕の言葉に、みんなの顔が強張る。

「……そうか。移動は厳しそうだな」

宗一の眉間にしわが寄る。

「うん。大人数で移動するのなら目立つしね。ゴブリンの集落みたいなのもあったし」

「なぁ、優樹」

野球部の浩二が僕に声をかけた。

「その町には食い物があるんだよな？」

「うん。肉やパン、魚も売ってたよ。味はほどほどかな。塩メインで単調な感じがしたよ」

「ビッグマグドのほうが美味いってことか？」

「そうだね。今さらながら、元の世界のすごさを理解したよ。特に日本は世界中の美味しい料理が食べられるんだから」

元の世界の料理を思い出したのか、みんなのノドが波のように動いた。

「それで、何の話？」

「あ……ああ」

宗一がメガネの位置を指先で調整した。

「……優樹。君を認めよう」

「認める？」

「そうだ。君は優秀だよ。食料だけでなく、電気が使える家を一日で建てた。さらに危険なモンスターがうろつく森の中を移動して、町を見つけた。本当に素晴らしい」

パチパチと宗一が拍手をする。

「だが、君は頭が悪い。ありえないぐらいにね」

「バカな奴だ」

剣道部の小次郎が言った。

「調子に乗るから、こんなことになる」

「こんなことって？」

「それは僕が説明するよ」

宗一が教壇に移動して、僕を見下ろす。

「優樹。これから、君には僕たちの命令に従（したが）ってもらう」

「……従わなかったら？」

「君は大切なものを失うことになる。高崎由那という幼馴染みをね」

そう言って、宗一はメガネの奥の目を針のように細めた。

「なぁ、優樹ぃ」

ヤンキーグループの四郎が軽く腰を曲げて僕に歩み寄った。

「気づいてるかな？」

「気づくって何に？」

僕は四郎の質問に質問で返す。

「ここに恭一郎くんがいないことだよ」

「……由那さんに何かしたの？」

「したかもしれないね。きひっ」

四郎は気味の悪い笑い声をあげた。

「安心するといい」

宗一が柔らかな声で言った。

「恭一郎には、ちゃんと話している。由那が抵抗しなければケガをすることはない。軟禁する部屋もキレイに掃除してあるしな」

「由那さんを軟禁する気なんだ？」

「ああ。君が僕たちの命令に従ってくれるのなら、由那は快適に過ごすことができる。だが、もし、逆らうのなら……」

「殺す……なんて言わないよね？」

「もちろんさ。そこまでやる気はない。由那は元クラスメイトだし、殺したら意味がないからな」

「……目的は食べ物か」

「正解だよ」

宗一は笑顔でうなずく。

「君には、朝と夜、ビッグマグドを人数分、用意してもらおう」

「ポテトとコーラもな」

浩二が口を挟んだ。

「熱々のポテトとキンキンに冷えたコーラも出せるみたいだし」

「……こんなことまでやるんだ？」

「別にいいだろ？　お前も由那も仲間じゃないんだし」

「その通りだ」と小次郎が同意する。

「お前らは俺たちの仲間じゃないんだから、人質にするぐらい問題ない」

「そうよっ！」と奈留美が言った。

「優樹くんが悪いんだよ。私たちは追放を撤回してあげたのに、意地になるから」

「僕のせいなんだ？」

僕の問いかけに、何人ものクラスメイトたちが首を縦に振った。

「残念だよ」

宗一が、ふっと息を吐いた。

「君が協力してくれれば、由那を人質に取るようなことはしなかったのに」

「おいっ！　優樹！」

浩二が笑みを浮かべて僕の前に立った。

「とりあえず、ビッグマグドのセットを出してもらおうか。あ、ポテトとコーラはＬサイズにしてくれよ」

「……はぁ」

僕はため息をついてクラスメイトたちを見回す。

たしかに由那を人質に取られたら、僕はみんなの言うことを聞いていただろう。由那は僕にとって大切な幼馴染みだし。

だけど、今の由那を人質に取るのは不可能だ。たとえ、ケンカで負けたことがない恭一郎でも、力の差は歴然としている。だって、由那は旅の途中で、背丈が三メートルを超えるオーガを十体以上倒したんだから。力もスピードも人間の限界をはるかに超えている。由那に勝てる人間なんて、いるはずがない。

その時、廊下から何かを引きずるような音が聞こえてきた。

ズル……ズル……ズル……。

その音に、みんなも気づく。

「何だ？　この音は？」

宗一が首をかしげた。

あぁ。僕だけがわかってるみたいだな。この音が何か。

やがて、ドアが開き、由那が姿を見せた。由那は気絶した恭一郎を引きずりながら、教室の中に入ってきた。

その光景を見て、クラスメイトたちは口を開けたまま、停止した。

やっぱり、そうなるよな。

僕は顔にあざができている恭一郎を見つめる。

どうせ、強引に由那を拘束しようとしたんだろう。普通の女子なら、恭一郎に勝てるわけないけど、今の由那はとんでもなく強いから。

「お、おい。どうなってるんだ？」

浩二が由那と気絶した恭一郎を交互に見る。

「おっ、お前がやったのか？」

「うん。無理やり抱きついてきたから」

由那は視線を宗一に向ける。

「宗一くん。恭一郎くんから聞いたけど、私を拘束するつもりだったの？」

「あ……いや」

宗一の顔が強張った。

「君に危害を加えるつもりはなかったんだ。ただ、カギがついた部屋にいてもらうだけで」

「そんなことやっていいんだ？」

「あ……う……」

宗一の額から冷たい汗が流れ落ちる。

その時、小次郎が動いた。

机の上に置いていた木刀を掴み、由那に向かって振り下ろす。

その攻撃を由那は片手で受け止めた。

木刀を掴んだ由那を見て、小次郎の目が丸くなる。

「小次郎くんって、剣道部のエースって聞いてたけど、あんまり強くないんだね。それとも、手加減してくれたのかな」

由那は木刀の先端を右手で握り潰した。

「そっ、そんな……」

小次郎は呆然として短くなった木刀を見つめる。

「どうなってるんだよ？」

浩二が掠れた声を出した。

「もしかして、由那も魔法が使えるんじゃ……」

アニメ好きの拓也がつぶやいた。

「魔法じゃないよ」

由那が拓也のつぶやきを否定する。

「でも、すごく強くなったの。オークやオーガよりも」

「オーガよりも？」

「うん。十体以上は倒したかな」

その言葉に、クラスメイトたちは驚愕の表情を浮かべる。

当たり前か。みんな、オーガの強さは身に染みているから。

「で、どうするの？」

僕は宗一に質問した。

「力で由那さんを従わせるのは無理って、わかったと思うけど？」

「……」

宗一は無言で肩を震わせる。

「じゃあ、他に話もないみたいだし、僕たちは家に帰るよ」

その時、教室の隅に何十個もの石が積み重なっていることに気づいた。

あれ？　あの石……。

僕は教室の隅に移動して、積み重なった石の中から、黒い石を手に取った。それはテニスボールぐらいの大きさで、表面には夜空の星のような粒が輝いていた。

やっぱり、魔石か。新しい魔法を創造する時に必要になるレア素材だ。

「……委員長。ここにある石って何？」

「それはモンスターが襲撃してきた時のために用意してある石だよ」

宗一が僕の質問に答える。

「それがどうかしたのか？」

「一つもらっていいかな？」

「……あぁ」

負い目があるせいか、宗一はすぐに承諾してくれた。

魔法が使えなくて、その知識もないみんなにはただの石だろうけど、町で売れば二ヶ月はいい宿屋に泊まれるぐらいの価値があるんだよな。

僕は魔石をダールの指輪に収納した。

由那といっしょに教室を出て行こうとして、僕は足を止めた。

このまま魔石をもらってもいいけど、気分はよくないな。由那を軟禁しようとしたろくでもない連中だけど、少しはサービスしてやるか。こんな奴らに借りを作るのもイヤだし。

「委員長。今もらった石だけど、僕にとっては役立つ石なんだ」

「そうなのか？」

「うん。だから、みんなに一食分の食べ物を渡すよ」

その言葉にみんなの目が輝いた。

「まっ、マジかよ！　ビッグマグドをくれるのか？」

浩二が僕に走り寄った。

「……いや。他の食べ物かな」

「あ、そっ、そうか」

浩二が悲しそうな顔をした。

他のクラスメイトたちも落胆の色を浮かべる。

別にハンバーガーを出してもいいんだけど、せっかくだし、ご飯系にするか。記憶石でレシピを確認して、滋養樹の葉で再現する。器は有田焼だったな。デザインも同じにして……と。

机の上に、牛丼が十八個具現化された。

「おっ、おい、これは……」

ヤンキーグループの巨漢、力也が目の前にある牛丼に顔を近づける。

「この匂いは……『すき野家（のや）』の牛丼かっ！」

「よくわかったね。牛丼のチェーン店はいっぱいあるのに」

「当たり前だ！　俺はすき野家の牛丼が大好物なんだ！」

力也は震える手で僕が具現化した箸（はし）を掴み、有田焼の器を手に取った。

「うおおおおおっ！」

変な叫び声をあげて、力也は牛丼を食べ始めた。

「……んむっ……んむ……こっ、これだ。俺が夢にまで見たすき野家の牛丼の味だっ！」

力也の目が充血し、そこから涙が流れ落ちる。

「う……うめぇ……うめぇよ」

「うあああっ！」

クラスメイトたちが先を争って、牛丼を食べ始めた。

「……牛丼よ。これ……牛丼だわ」

「ああっ！　この甘辛いタレに柔らかい牛肉……神の食べ物かよ」

「……美味しい。美味しいよ。牛さん、ありがとう。あなたのお肉は私の栄養になります」

「ちくしょう！　どうして……どうして、こんなに美味いんだよ！」

「汁が染み込んだタマネギとご飯も最高だよ」

「あああぁ。体が……体が浄化されていく……」

涙を流して牛丼を頬張っているみんなを見て、僕はため息をついた。

ハンバーガーの時もすごかったけど、今回もすごいな。

まあ、日本人が大好きな丼物だし、すき野家の甘辛いタレは家庭では出せない味だからな。

「おいっ！　優樹！」

いち早く食べ終わった力也が僕の肩を掴んだ。

「おかわりは……おかわりはないのか？」

「ないよ」

僕は即答した。

「だからって、ここにいない人の分は食べないほうがいいと思うよ。後で揉めるだろうからね」

「うっ……」

力也の頬がぴくりと動いた。

「それなら、俺の分だけでもよこせ！　俺の体重は他の奴らの二倍はあるんだ。二杯食ってもいいはずだ！」

「イヤだと言ったら？」

「なら、力ずくで……」

「力ずくで何？」

僕の隣にいた由那が、いつもより低い声を出した。

「あ……」

力也は慌てて僕から離れた。

「先に言っておくね」

由那はメガネの奥の目を細める。

「優樹くんに手を出したら、本気で殴るから」

「ほ、本気で？」

「……そう」

由那は積み重なっていた石を手に取り、それを握り締めた。

ゴリッ……ゴリッ……。

石が砕ける音がして、由那の手から、砂のように細かくなった石の欠片が床に落ちる。

「おっ、お前……」

力也が口をぱくぱくと動かす。

教室の中が静まり返り、全員の視線が由那に集中した。

「ちょっと由那っ！」

奈留美が眉を吊り上げて、由那の前に立った。

「クラスメイトに暴力を振るうつもり？」

「私、追放されたんだけど？」

「そっ、それでも暴力はよくないでしょ！」

「先に暴力で私を拘束しようとしたのは、そっちだよ」

「そっ、それは……」

奈留美は反論の言葉を探す。

「……なっ、何よ。変なメガネかけちゃって」

短く舌打ちをして、奈留美は由那のかけているメガネを取った。

「あ……」

由那の揺らめく瞳を見た男子全員が大きく口を開いた。まるで、時間が止まったかのように、その場で動きを止める。

やがて――。

「おい……マジかよ」

上位カーストグループの黒崎大我が掠れた声を出した。

「浩二たちから話は聞いてたが……こんなにそそられる女になってるとはな」

大我は大きくノドを動かして、唇を舐める。

「こいつはたまらんな」

他の男子も息を荒くして由那を見ている。

やっぱり、メガネを外した由那の魅力は、とんでもないな。体が熱くなって、吸い寄せられるような感覚になる。

由那は奈留美からメガネを奪い返して、それをかける。

さっさと退散したほうがよさそうだ。また、質問攻めにあいそうだし。

「由那さん、行こうか」

「うん」と由那は返事をして、僕の手をそっと握った。

◇◇◇

その日の夜、僕は自分の部屋で手に入れた素材のチェックをしていた。

レア素材の『七色虫の糸（なないろむし）』と『闇月の粉（やみつき）』が手に入ったのは有り難いな。これで魔法耐性があって、物理攻撃にも強い最高の服が作れる。

イメージは炭素繊維か。それに小さな魔法文字を刻んで編み込もう。

光沢のあるグレーの服が目の前に具現化された。

「……うん。イメージ通りだな。効果は試してみないとわからないけど」

それにしても、創造魔法はすごいな。素材さえあれば、どんなものでも創造できるし、山すら壊す呪文も使用できる。

それどころか、僕たちが一番望んでいることも可能かもしれない。

元の世界に戻ること。

今は必要な素材がわからないけど、創造魔法を極めることができたら、それも可能になるはずだ。

そうだ。創造魔法は錬金術を基礎とする魔法だし、今度、町に行った時に錬金術のことも調べてみるかな。

コン……コン……。

ドアがノックされ、由那が部屋に入ってきた。由那はクリーム色のパジャマを着ていた。胸元が開いていて、透き通るような肌の一部が見えている。

「どっ、どうしたの？」

思わず、声がうわずった。

「あ、あのね」

由那は頬を赤く染めて、僕に歩み寄る。

「話が……あるの」

「話って？」

「私、優樹くんのこと、好き……なのかもしれない」

「……かもしれない？」

「う、うん。自分のことがよくわからなくて」

由那はメガネ越しに僕を見つめる。

「最近、優樹くんのことを考えると体が熱くなるの」

「僕のことを？」

「……うん」

胸元で両手の指を組み合わせ、由那は目を伏せる。

「私と優樹くんは幼馴染みだし、前から好きだったよ。でも、今の好きは違うの。これって、恋愛感情なのかな？」

「そんなこと僕に聞かれても」

僕の頬がぴくぴくと動いた。

正直、僕は由那に好意を持っている。だけど、彼女とつき合えるとは思っていなかった。だって、由那はキレイで可愛くて、男子の人気も高かったから。一方で僕は平均的な男子だ。成績がいいわけでもなく、運動も得意じゃない。だから、釣り合いが取れるわけがない。

そう思っていたのに、由那がこんなことを言ってくるなんて……。

僕は由那を見つめる。

「……由那さん。もし、君が僕のことを好きなら、僕も嬉しいよ。だけど、その感情はサキュバスの血のせいかもしれない」

「サキュバスの血？」

「うん。サキュバスって、女の悪魔で……いやらしいことが好きみたいだから。そのせいで由那さんの感情が正常に働かなくなってるのかも」

「えっちなことしたいから、優樹くんを好きって勘違いしてるってこと？」

「その可能性もあるかな」

「そう……なんだ」

由那は少し悲しそうな顔をした。

「……ねぇ、優樹くん。私のモンスター化って、幻魔の化石って素材が手に入れば治せるんだよね？」

「うん。スペシャルレア素材だけど、必ず見つけるから！」

「じゃあ、元の体に戻って、それでも私が優樹くんを好きだったら……恋人になってもらえますか？」

「恋人に？」

「そう。サキュバスの血の影響じゃなくて、本当に優樹くんを好きだったら」

「……」

「ダメ……かな？」

「いっ、いや。そんなことはないよ。僕だって、君と恋人になれたら……嬉しいし」

由那の視線に耐えられずに、僕は顔をそらす。

由那と恋人になれるなんて、最高に幸せなことだ。

顔が熱くなり、鼓動が速くなる。

「早く幻魔の化石を見つけるよ。君の本当の気持ちを僕も知りたいから」

由那の僕への感情がライクではなく、ラブだといいな。

◇　◇　◇

二日後、僕と由那は転移の呪文でヨタトの町に向かった。

目的は作った回復薬を売って、レア素材を購入すること。もう一つは魔王ゾルデスを倒す仲間を作ることだ。

僕は錬金術を超えた創造魔法が使えるし、由那の戦闘能力はオーガも余裕で倒せる。だけど、二人じゃ魔王は倒せない。信頼できる強い仲間を増やさないと。

裏通りにある酒場の扉を開くと、中には五十人以上の冒険者たちが集まっていた。

種族は人間、獣人、エルフ、そのミックスなどで、楽しそうに酒や食べ物を口にしている。

ここが仲間を募ることができる酒場か。ぱっと見たところ、強そうな人が何人かいるな。

えーと、プレートの色が茶色はFランク。Eランクが黄土色。Dランクが黄色。Cランクが緑色でBランクが青色。Aランクが赤色でSランクが金色だったな。

SランクとAランクはいないみたいだけど、BランクとCランクは何人かいる。

まずは店員と話をしてみるか。

僕はカウンターにいる三十代の男に声をかけた。

「あのぉ、仲間を探してるんですけど」

「んんっ？　お前たちがか？」

店員は僕のベルトにはめ込んだ茶色のプレートを見て頭をかいた。

「Fランクが二人ねぇ。で、欲しいのは前衛か？」

「はい。後衛は僕がやれると思うので」

「ってことは、お前、魔道師か？」

「いえ。僕は創造……いや、錬金術師かな」

「なるほど。錬金術師がパーティーにいれば、戦闘以外には役に立つからな。回復薬も買わなくていい」

店員は僕と由那を交互に見る。

「……まあいい。そこの演壇に上がれ」

僕と由那は高さ二十センチの演壇に上がった。

店員が僕の隣に立って、鈴を鳴らす。

「おいっ！　この兄ちゃんたちが仲間を探してるんだとよ」

冒険者たちの視線が僕と由那に集中した。

「……何だ。Fランクじゃねぇか。子守(こもり)は勘弁してくれよ」

「だよな。ソロのほうが楽でいいぜ。報酬も減っちまうし」

「ああ。こっちにメリットがなさすぎる」

「姉ちゃんが夜の相手もしてくれるのなら、俺が入ってやってもいいぜ」

店内に笑い声が漏れた。

「こっちの兄ちゃんは錬金術師だぞ」

店員の男が言った。

「だからって、Ｆランクじゃ、使えないだろ？」

「だよな。回復薬も低レベルのやつしか作れねぇだろうし」

「重傷の時に使えない回復薬じゃ、意味ねぇよ。錬金術師じゃ、戦闘も期待できねぇしな」

「なぁ、兄ちゃん」

黒ひげの男が僕に声をかけた。

「仲間が欲しいのなら、俺たちの団に入れてやってもいいぜ。最初に金貨五枚払ってもらうがな」

「金貨五枚払ったら、モンスターの討伐を手伝ってもらえますか？」

僕は黒ひげの男に質問した。

「ああ。ゴブリンでもオークでも手伝ってやるよ。同じ団の仲間ならな」

「魔王ゾルデスの討伐でも大丈夫ですか？」

「……はぁっ？」

黒ひげの男が、ぱかりと口を開けた。

「魔王ゾルデスの討伐？」

「はい。それが僕たちの目的だから」

「……ふっ……ふはははっ！」

黒ひげの男が笑い出し、他の冒険者たちも笑い声をあげた。

「おいおい。マジかよ。こいつら、英雄になる気だぜ」

「そりゃ、さすがに夢見すぎだろ。Ｆランクがよぉ」

「はははっ。いいじゃねぇか。俺だって、七歳の頃は『魔王を倒す』って親父に言ってたぜ」

「おいっ、兄ちゃん」

茶髪の男が酒臭い息を吐いた。

「Ｆランクがバカなこと考えるなよ。死ぬだけだぞ」

「そうそう。Ｆランクはスライム狩りでもやってろよ。いや、錬金術師なら回復薬を作ってたほうが稼げるか」

「だな。錬金術師なら、依頼で稼ぐよりも、そっちのほうが楽だし安全だ」

やっぱり、こんな反応になるか。

僕はため息をついた。

でも、これが普通なんだろうな。Ｆランクの僕たちがゾルデスを倒すって言っても、誰も本気とは思わない。

「つまり、この中にはゾルデスの討伐を手伝ってくれる人はいないってことですか？」

「いねぇよ！」

眼帯の男が言った。

「もっと楽に稼げる仕事がたくさんあるからな」

「つーか、ゾルデスを倒せる奴なんていないだろ。創造魔法の創始者アコロンも殺されちまったしなぁ」

「あぁ。Sランクの召喚術師ヨルナや黄金の槍使いベルドラムだって無理さ。神速の暗黒戦士クロにもな」

「俺がどうかしたか？」

突然、入り口から男の声が聞こえてきた。

そこには猫の獣人が立っていた。その獣人は背丈が百三十センチぐらいで、外見は二本足で立つ黒猫だった。瞳は金色で腰には茶色のベルトを巻いている。

この猫は……。

「し、神速の暗黒戦士……クロ……」

眼帯の男が掠れた声で、獣人の名を口にした。

この獣人……ベルトにはめ込まれたプレートが金色ってことは、Sランクなんだな。見た目は黒猫の着ぐるみみたいだけど、相当強いってことか。

クロは足音を立てることなく眼帯の男に近づいた。

「で、俺がどうしたんだ？」

「あ……いや……」

眼帯の男は、ぴくぴくと頬を痙攣させる。

「まっ、魔王ゾルデスを倒せるのは、クロさんぐらいしかいないと言ってたんですよ。そうだよな？　みんなっ！」

「あ、ああ。クロさんはSランク冒険者の中でも別格だからな」

茶髪の男がフォローを入れると、他の冒険者たちも慌てた様子で首を縦に振る。

「……そうか」

クロは僕の隣にいた店員に金色の瞳を向けた。

「いつものやつを頼む」

「は、はい。冷やしたミルクに砂糖をひとつまみですね」

店員が早足でカウンターに移動する。

クロはカウンターの前にあるイスに腰を下ろし、爪の手入れを始めた。

「ねぇ、優樹くん」

由那が僕の上着を掴む。

「あの人を誘ってみたらどうかな？」

「……そうだね。Sランクだから強いのは間違いないし」

僕はクロに近づいた。

「あのぉ、クロさん」

「……何だ？」

クロはちらりと僕を見る。

「お願いがあるんです」

「肉球なら触らせてやらんぞ」

「あ、いえ。そうじゃなくて、僕たちの仲間になってくれないかなと思って」

「……仲間？」

「はい。僕たち魔王ゾルデスを倒すつもりなんです」

「お前たちが？」

クロの金色の目が丸くなった。

「……止めておけ。お前たちじゃ、魔王は倒せない」

「そうかもしれませんが、事情があるんです」

「事情……か」

クロは木のコップに入ったミルクを口にする。

「まあ、お前たちの事情などどうでもいい。俺はソロが好きなんだ。パーティーや団に入るのは性に合わん。それにお前たちの仲間になるメリットもないからな」

「メリットですか？」

「そうだ。魔王ゾルデスを倒せば英雄となり、最高の名誉と山のような報酬がもらえるだろう。だが、そのどちらにも俺は興味がない。金はミルクと菓子が買えるぐらいでいいからな」

「菓子……って、甘いお菓子？」

「そうだ。その二つがあれば、他に人生で必要なものはない。愛も安らぎも不要。それが、俺の生き様だ」

クロは目を細めて、ミルクを飲む。鼻の下の黒い毛にミルクがついた。

うーん。すごい実力者みたいだけど、外見が猫のゆるキャラみたいだから、かっこよさがないな。

どっちかといえば、可愛い感じだ。もふもふだし、中東風の膨らんだ青いズボンがすごく似合ってる。

「まあ、俺を仲間にしたいのなら、極上の菓子でも用意するんだな」

「えっ？　それでいいんですか？」

思わず、僕は聞き返した。

「あぁ。多くの町を渡り歩き、星の数ほど菓子を食べた俺の舌をうならせたらな」

「それなら、食べてもらいたいものがあります」

「んんっ？　何をだ？」

「異世界の食べ物です」

「……ほぅ」

クロの金色の瞳が輝いた。

「それは興味があるな。で、何を食わせてくれるんだ？」

「最高のシュークリームを」

僕はダールの指輪に収納している素材——滋養樹の葉と記憶石を使って、銀座の洋菓子店『パラディ』のシュークリームを具現化した。

　ゴマをまぶした生地は厚めで、中のカスタードクリームはわずかな弾力がある。絶妙な甘さと歯ごたえ。香ばしい匂いが食欲をそそる。木の皿の上に置かれたシュークリームを見て、クロの鼻がひくひくと動いた。

「錬金術で菓子を出したか。匂いは……悪くないが、本当に美味いのか？」

「僕が住んでいた国で一番美味しいと評判だったクリーム系のお菓子です」

「国で一番美味い……か」

　クロはシュークリームに顔を近づける。

「見たことのない菓子だが、多少は期待できるかもしれないな」

　そう言って、クロはシュークリームを一口食べた。

　その瞬間、クロの瞳孔が大きく開いた。

「……これは」

　呆然とした顔で、クロは手の中のシュークリームを見つめる。

「……んむっ、んむ……んんっ」

　そしてクロは一心不乱にシュークリームを食べ始めた。

　どうやら、気に入ってくれたみたいだな。

　まあ、パラディのシュークリームは絶品だからな。このシュークリームを食べるために多くの人が行列を作ってるし。

この世界のスイーツがどの程度のレベルかはわからないけど、前に食べた料理から想像するなら、元の世界のパティシエが作ったスイーツに勝てるとは思えない。

「おいっ！　お前、名前は？」

シュークリームを食べ終えたクロが僕に質問した。

「水沢優樹です」

「優樹！　お前の仲間になれば、このシュークリームが食えるんだな？」

「クロさんが望むのなら」

「わかった。俺はお前の仲間になるぞっ！」

その言葉に、周囲にいた冒険者たちの両目が大きく開いた。

「ちょ、ちょっと待ってください。クロさん」

眼帯の男がクロに駆け寄った。

「こいつら、Ｆランクの冒険者ですよ？　そんなパーティーにクロさんが入るんですか？」

「そんなことは関係ない！　シュークリームが食えるのなら、俺は邪神ガーファにだって魂を売ってやる！」

クロは全身の黒い毛を震わせる。

「シュークリーム……こんな美味い菓子があったとは。食い終わった今でも心と体が震えてしまう。上品な甘さでずっしりとしたクリーム。そして、さくさくとした香りのいい生地。まさに神の食べ物だ」

感動しているクロを見て、周囲の冒険者たちは顔を見合わせる。

「おいっ、マジかよ。金龍の団や白薔薇の団の誘いさえ断ったクロさんが、あんな奴らのパーティーに入るなんて」

「そんなにシュークリームってのは美味いのか？」

「わからねぇよ。食ったことねぇし」

「お、おい、兄ちゃん。俺にもシュークリームを食わせてくれよ」

茶髪の男が僕に声をかけてきた。

「ふざけるなっ！」

僕が口を開く前に、クロが叫んだ。

「お前に食わせるぐらいなら、俺が食う。もちろん、金は出すぞ。大金貨一枚だ！」

クロは腰に提げたポーチから金色のコインを取り出し、テーブルに置く。

「これで上級の宿屋に十日は泊まれるはずだ」

「いえ、お金はいいです。これからは仲間になるんだし」

僕は、もう一つシュークリームを出してクロに渡す。

「お……おおおっ」

クロは幸せそうな顔でシュークリームを食べ始めた。

予想外の展開だな。まさか、シュークリームで仲間になってもらえるなんて。元の世界の食べ物を具現化できる能力は、僕の想像以上に使えるかもしれない。

◇　◇　◇

僕と由那とクロは、奥にある丸テーブルに移動した。

すぐにクロが口を開く。

「で、本気で魔王ゾルデスを倒す気なんだな？」

「はい」と僕は答える。

「僕の命を救ってくれた人の頼みだから」

「ならば、もっと仲間を増やしたほうがいい。そして実績もな」

クロは追加で注文したミルクを飲む。

「魔王討伐には多くの者の助けがいる。俺たちの力を認めさせ、国を動かさねば、配下の七魔将にも勝てんぞ」

「七魔将？」

「魔王ゾルデスの軍団を指揮する七人の魔族だ。実力はSランクの冒険者以上と思っていたほうがいい」

「クロさんより強いんですか？」

「俺は別格だ。Sランクの中でも最強だからな」

ちょこんとした鼻の下に牛乳をつけたクロが、にやりと笑った。

Sランクの冒険者なんだから、強いのは間違いないだろうけど、やっぱり外見がゆるキャラにしか見えないからなあ。いや、大きなぬいぐるみか。

「あ、あのぉ……」

由那がクロに声をかけた。

「何だ？　肉球には触らせてやらんと言ったはずだぞ」

いやいや。肉球に触りたいなんて由那は思ってないから。

「じゃ、じゃあ、ノドはダメですか？」

あ、あれ？

由那は瞳を輝かせて、クロに顔を近づける。

「私、家で黒猫飼ってて、あなたと似てるんです。つやのある毛並みも同じで。だから、触ってみたくて」

そういや、由那は猫大好き星人だったな。部屋にも猫のぬいぐるみがいっぱいあったし。

「ノドか……」

クロは、ふっと息を吐く。

「まあいい。俺たちは仲間になったんだから、それぐらいは許してやる」

「ありがとうっ！」

由那はイスごと移動して、クロのノドに触れた。

「あぁ……やっぱりポコマルと同じだ。ふわふわで柔らかくて……すごく気持ちいい」

由那はうっとりとした顔でクロのノドを撫で続ける。

「それで、お前の名は？」

「私は由那だよ。高崎由那。よろしくね。クロちゃん」

「ク、クロちゃん？」

クロは、ぱちぱちとまぶたを動かした。

どうやら、由那も新しい仲間とすぐに仲良くなれそうだ。前に由那が他の男子と話しているのを見た時、ちょっと胸が苦しかったけど、今はそんな気持ちにならないな。これって、種族が違うからなんだろうか。

幸せそうな笑顔でクロに触っている由那を見て、僕の頬も緩んでいた。

◇　◇　◇

三階にある二年A組の教室で、見張りを除く十七人のクラスメイトたちが食事を取っていた。

机の上には、プラスチック製の皿に小さな鳥の肉と木の実。お椀に野草のスープが入っている。

鳥の肉を一口で食べ終えたヤンキーグループの巨漢、力也が短く舌打ちをした。

「くそっ！　少ないし、味が薄いな」

「仕方ないって。塩も少なくなってきたし、肉があるだけ有り難いよ。たとえ、パサパサの肉でもさ」

野球部の浩二が、ため息をつく。

「あぁーっ、すき野家の牛丼美味かったよなぁ。あの時、優樹に汁だくで頼めばよかった」

「そこまでサービスしないでしょ」

副委員長の瑞恵が言った。

「優樹くんは冷酷(れいこく)だから」

「でも……」

文学部の雪音が口を開いた。

「牛丼を食べさせてくれたんだから、優しいんじゃないかな」

「あれは気まぐれでしょ」

「それでも私は嬉しかったけど……」

「何っ？　今さら、優樹くんの肩を持つわけ？」

瑞恵は雪音をにらみつける。

「無駄よ。優樹くんには由那がいるんだから。キレイになった由那がね」

「そういうんじゃなくて……」

雪音はもごもごと口を動かした。

「おいっ！　四郎っ！」

剣道部の小次郎がイスから立ち上がって、ヤンキーグループの四郎に歩み寄った。

「お前が最初に言い出したんだよな？　優樹を追放しようって」

「そっ、それは……」

四郎の顔が青くなった。

「たしかに僕が優樹の追放を提案したよ。でも、みんなだって賛成したじゃないか！　小次郎も浩二も委員長だって」

「ああ。だけど、お前が一番悪いよな？　あんな提案しなければ、今もビッグマグドと牛丼を食えてたんだ」

小次郎の言葉に全員の視線が四郎に向けられる。

「まっ、待ってよ。優樹が魔法を使えるようになったのは追放した後だし、今さらそんなこと言っても、意味ないって。過去に戻ることなんてできないんだから」

「でもさ……」

いつも目立たず、あまり発言しない久我山恵一（くがやまけいいち）が薄い唇を動かした。恵一は色白で華奢（きゃしゃ）な体格だった。目は細く、能面のように整った顔立ちをしている。

「優樹と仲直りする方法はあるんじゃないかな」

「どんな方法かな？」

委員長の宗一が恵一に質問した。

「四郎を追放するんだよ」

「は……はあっ!?」

四郎の目が丸くなった。

「何を言ってるんだよ！　僕を追放しても意味ないよ」

「そうかな？　優樹の追放を提案した四郎がいなくなれば、仲良くなれるきっかけになるかもしれない」

「いっ、いや。そんなことありえないって」

恵一の言葉に、四郎は声を震わせる。

「だって、みんなも優樹を責めたじゃないか。役立たずとか寄生虫とか言って」

「僕は言ってないけどね」

恵一の口から暗い声が漏れた。

「まあ、優樹に一番厳しい言葉を浴びせてたのは君だしさ。とりあえず、試してみるのはどうかな？」

「そんなの無茶苦茶だよ！」

四郎はクラスメイトたちを見回す。

「こんなことでクラスメイトを追放するなんてありえないって」

「でも、君は元クラスメイトの優樹の追放を提案したんだ。ならさ、自分が提案されても文句はないだろ？」

「それは……」

恵一に言い返せなかった四郎は、助けを求めるようにヤンキーグループのリーダーの恭一郎に視線を向ける。

「恭一郎くんだって、反対だよね？　僕を追放するなんてさ」

「……」

「恭一郎くんっ！」

「あ、いや、俺はお前の追放には反対だよ。だが、決は採るしかねぇだろうな」

恭一郎は頭をかきながら、言葉を続ける。

「こういう時は投票で決めることにしたからな。前は学校のルールに従う気なんてあまりなかったが、ここじゃ、そうはいかねぇし」

「そうだな」と言って、宗一は教壇に移動した。

「待って！　待ってよ」

四郎の顔から、汗がだらだらと流れ落ちた。

「僕はゴブリンを何匹も殺したし、ケガもしてないんだよ？　それなのに追放するなんて、おかしいよ」

「だが、優樹を追放するきっかけを作ったのは君だ。そうだろ？」

「だっ、だけど……」

「そんなに焦らなくてもいいだろう。君を追放したくない者が過半数いれば、この提案は却下されるんだからな」

「あ……」

宗一にそう言い切られた四郎は怯（おび）えた表情で、クラスメイトたちを見つめた。

◇　◇　◇

十分後、比留川四郎を追放するかどうかの投票が行われた。

その結果が黒板に書かれる。

【賛成：10　反対：7】

「どうやら、結果が出たようだ」

宗一がメガネの奥の目を細くして、四郎を見つめた。

「見張りに立ってる拓也に聞く必要もないようだな。彼が反対に票を入れても、結果は変わらない」

「そ……そんな……」

四郎は青白くなった唇を小刻みに震わせる。

「どうして……どうして僕を追放するんだよ？　僕は何も悪いことはしてないのに？」

「したじゃない」

上位カーストグループのエリナが答えた。

「あなたが私たちと優樹くんの仲を裂いたようなものでしょ。魔法が使える優樹くんがいれば、ゴブリンの群れの襲撃も怖くないのに」

「あいつが攻撃呪文を使えるかどうかはわからないじゃないかっ！」

四郎はこぶしを握り締めて、叫ぶように言った。

「優樹はウソをついてるんだ。本当は攻撃呪文なんて使えないのに僕たちを騙してて」

「仮にそうだったとしてもさ、食べ物を出せる能力があるのは間違いないよね？」

「それは……」

「それだけでも優樹くんは役に立つよ。あなたの百倍以上ね」

「あ……ぐ……」

四郎は自身のノドを押さえて、荒い呼吸を繰り返す。

「こうなったら、しょうがねぇな」

恭一郎が四郎の肩に触れた。

「四郎、諦めろ。別に死ぬわけじゃねぇ」

「諦めろって……」

四郎は呆然と恭一郎を見つめる。

「そんなのひどいよっ！　僕はずっと恭一郎くんに従ってきたじゃないか」

「それは関係ないだろ。第一、俺はお前の追放に反対したんだし。力也や亜紀もな。だけど、賛成が多いのなら、どうにもならねぇよ」

「責任取ってよ！」

自己中心的で感情の起伏が激しい奈留美が甲高い声をあげた。

「四郎くんが優樹くんを追放したんだから」

「何言ってんだっ！　お前だって、優樹の追放に賛成しただろ！」

「あなたが私を騙したからでしょ！」

「騙した？」

四郎は、ぽかんと口を開けた。

「優樹くんは何の役にも立たないって、あなたが言ったんじゃない。そのせいで、みんなが食べ物に苦労してるんだよ！　優樹くんと仲良くしてたら、こんなぱさぱさの肉じゃなくて、ハンバーガーや牛丼が食べられたのに」

奈留美は机の上にある鳥の肉を指さす。

「全部、あなたが悪いんだから！　あなたの口車に乗ったせいで、みんなが苦しんでるのよ！」

「あ……ぅ……」

クラスメイトたちの冷たい視線を感じて、四郎の全身が震え出す。

「では、比留川四郎を僕たちのクラスから追放する！」

宗一が宣言した。

「四郎、君にはすみやかに学校から出て行ってもらう」

「いっ、委員長っ！」

「安心するといい。君にも優樹と同じ条件で学校の敷地の利用は認める。木の実十個か食べられる草を一束で、学校に一日滞在できるようにするよ。変更前の条件だから、そこまで難しくはないだろう」

「……」

「みんな、旅立つ四郎の健闘を祈って拍手だ」

パチパチパチパチパチパチパチ……。

拍手の音が教室に響き、四郎は両ひざを、がくりと折った。

◇　◇　◇

「くそっ！　くそっ！　くそっ！」

薄暗い森の中を四郎は一人で歩いていた。

「何でこんなことに……」

噛み締めた唇に血が滲む。

「僕だけじゃないだろ。優樹を役立たず扱いしたのは」

四郎は持っていた木の棒で目の前の野草を切った。

「こんなことになったのは……全部、優樹のせいだ！」

奥歯をぎりぎりと鳴らして、四郎は紫色のバッタを捕まえる。

「殺してやる……絶対に優樹を殺してやる！　ひっ、ひひひっ！」

四郎は目を血走らせて、紫色のバッタを握り潰した。

僕と由那、そしてクロは冒険者ギルドにやってきた。

大きな扉を開けて、僕は受付に向かう。受付には前に対応してくれたエルフのエルネがいた。

「あ、優樹さん。お仕事をお探しですか？」

エルネはにこやかな笑顔で僕に声をかけてくれた。

「はい。冒険者のランクを上げておこうと思って」

「それでは、実績になりやすい仕事を紹介しますね。といっても、Ｆランクですから、見張りの仕事や他のパーティーのサポートあたりになりますが」

「いや。戦闘系の仕事で、一番報酬の高いものを頼む」

僕の背後からクロが言った。

「え……？」

エルネの動きが止まった。

数秒間の沈黙の後、エルネはクロに顔を近づける。

「えっ、クロさん!?　どうして、クロさんが優樹さんといっしょにいるんですか？」

「優樹のパーティーに入ったからだ」

クロは金色の瞳でエルネを見上げる。

「Sランクの俺がパーティーのメンバーにいるのなら、どんな仕事も受けられるはずだな？」

「そっ、それはもちろんですけど。どうして、あなたがFランクのパーティーに？」

エルネは僕とクロを交互に見る。

「魔王ゾルデスを倒すという優樹の目的に感動したからだ」

クロはピンク色の肉球で僕の腰を叩いた。

「決してシュークリームのためではないぞ」

「シュークリーム？」

「神々が食す菓子だ。それを優樹から一日一個もらえる契約をしたのだ」

シュークリームの味を思い出したのか、クロの口元でよだれが光る。

「……はぁ。よくわかりませんが、クロさんが優樹さんのパーティーにいるのなら、報酬の高い依頼も受けられますね。えーと……」

エルネは紙の束を白い手でめくる。

「あ……」

「んっ？　どうした？」

「フラウ家のシャロット様から、領地に出没するモンスターの討伐依頼が来てますね。報酬は高いのですが、危険な仕事になると思います。領地を狙っているのは統率のとれたモンスターの群れですから」

エルネが金色の眉を寄せた。

「もしかしたら、魔族が関わってるかもしれません」

「魔族か……」

「ねぇ、クロ」

僕は隣にいるクロの肩に触れた。

「魔族とモンスターって違うの？」

「魔族は太古の邪神ガーファの血を受け継いだ生物だ。魔力が強く知能も高い。モンスターを配下にして集団で行動することもある」

「モンスターより危険な相手ってことか」

口の中がからからに乾き、鼓動が速くなった。

多分、由那をモンスター化したジェグダが魔族だったんだろうな。あの時は不意打ちで勝てたけど、向こうから攻められたら危険だ。創造魔法が使えるからって、油断したらいけないな。

「おいっ、女！」

クロが背伸びをして、カウンターに身を乗り出す。

「魔族が関わってる可能性があるのに、募集は一パーティーだけなのか？」

「あ、いえ。この仕事は黒鷹の団も請け負ってて、五十人の冒険者が現地にいます。ただ、シャロット様は少しでも戦力を増やしたいみたいで」

「なるほどな。フラウ家の領地なら、南東のダホン村あたりか」

「はい。ここから馬車と歩きで三日ほどでしょうか」

「……ふむ。こいつらに経験を積ませるにはちょうどいいな」

「最初の仕事にしては危険すぎる気がするけど？」

「魔王討伐が目的の男が何を言ってる？　魔族の頂点にいるのがゾルデスだぞ」

クロは呆れた顔で僕を見る。

「それは……そうだけど」

「安心しろ。お前たちが死ぬことはない」

「どうして？」

「俺が守ってやるからな。お前が死んだら、シュークリームが食えなくなる」

「それは有り難い……かな」

クロが僕たちの仲間になってくれたのは、やっぱりシュークリームが欲しいからなのは間違いないな。それでもSランクの冒険者が仲間になってくれたんだから、感謝しないと。

「それでは書類を作成しますので」

エルネは木の箱から新しい紙を取り出して、羽ペンで何かを書き始める。

それにしても、いっしょに仕事をするのは黒鷹の団の人たちか。前に揉めた人たちがいなければいいんだけど……。

黒ひげの男たちの顔を思い出して、僕はため息をついた。

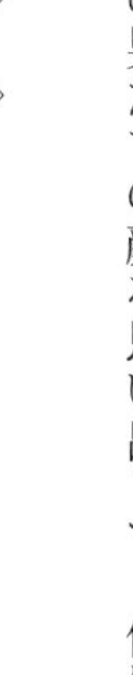

三日後、僕たちはヨタトの町の南東にあるダホン村にやってきた。

ダホン村は人口が千二百人ぐらいで、草原と森に囲まれていた。村の中央にはお椀を逆さにしたような丘があり、その上に三階建ての屋敷が立っていた。

多分、あの屋敷にフラウ家のシャロットさんが住んでいるんだろう。

視線を動かすと、井戸のある広場で子供たちが遊んでいた。全員の頭部に猫のような耳が生えている。どうやら、ここは人間と獣人のミックスが多く住む村のようだ。農作業をしている大人たちも猫の耳としっぽを生やしている。

「おいっ！　お前たち」

突然、数人の男たちが僕たちを取り囲んだ。

「村に何の用だ？」

二十代らしき茶髪の男が僕をにらみつける。

「あ、僕たちはシャロットさんの依頼を受けた冒険者です」

僕はベルトにはめ込んだFランクのプレートを見せる。

「何だ。同じ仕事を受けたパーティーかよ」

茶髪の男は頭をかきながら息を吐く。

「しかし、Fランクのパーティーじゃ、見張りぐらいにしか使えねぇな」

「お前よりは役に立つと思うぞ」

僕の後ろにいたクロが、ぼそりとつぶやいた。

「あぁっ？　ちっちぇ獣人が一人前の口を……あ……」

茶髪の男がクロのベルトにはめ込まれた金色のプレートに気づいた。

「おっ、お前……神速の暗黒戦士クロか？」

「俺の二つ名まで知ってるようだな」

クロは、茶髪の男を見上げる。

「俺は見張りぐらいにしか使えないのか？」

「いっ、いや。そんなことはない」

茶髪の男はぶんぶんと首を左右に振る。

「だ、だけど、どうして、あんたがFランクとつるんでるんだよ？」

「大いなる目的とシュークリームのためだ！」

クロは両手の肉球を腰に当てて、きっぱりと答えた。

「で、依頼主はどこにいる？」

「……丘の上の屋敷です」

茶髪の男の言葉遣いが丁寧になった。

「よし！　いくぞ。優樹、由那」

クロは黒いしっぽを揺らしながら、屋敷に向かって歩き出した。

その姿を黒鷹の団の冒険者たちは、ぽかんと口を開けて見ている。

やっぱり、Sランクの冒険者は認められてるんだな。金のプレートを見ただけで、みんなの表情が変わったし。

おかげでトラブルにならなくてすんだ。

「僕たちも行こう」

僕は由那といっしょにクロの後を追った。

僕たちは屋敷の一階にある部屋に通された。

数分後、扉が開き、一人の少女が姿を見せた。少女は十四歳ぐらいで、金と銀の糸で刺繍（ししゅう）をした白い服を着ていた。茶色の髪に茶色の瞳、頭の上には猫の耳が生えている。

この子も人間と獣人のミックスか。

「フラウ家のシャロットです」

少女――シャロットは僕たちに向かって丁寧に頭を下げた。

「危険な依頼を受けていただき感謝します」

「若いな。親はどうした？」

クロがシャロットに質問した。

「二年前に母は亡くなっていて、父……バルトン男爵も二十日前にモンスターに殺されました」

シャロットの声が沈んだ。

「兄が王都にいるのですが、今は私が仮の代表になっています」

「……そうか」

クロは金色の瞳でシャロットを見つめる。

「その歳で領地の代表か。大変だな」

「いえ。危険にさらされている領民に比べれば、たいしたことではありません」

シャロットは背筋をぴんと伸ばす。

「最強の冒険者と名高いクロ様のパーティーに村を守っていただければ、フラウ家の領民も安心すると思います」

「俺のパーティーではないぞ。リーダーはこいつだ」

クロは僕を指さす。

「Fランクの異界人だが、錬金術の実力はたいしたものだ。戦闘能力はわからんが」

「あ……そうでしたか。失礼しました」

シャロットは僕に向き直り、深く頭を下げる。

「お名前を教えていただけますか？」

「僕は水沢優樹です。彼女は高崎由那」

「優樹様……と由那様……」

シャロットは僕たちの名前を丁寧に口にする。

この子は礼儀正しいな。父親が男爵ってことは貴族のはずなのに高圧的な態度を取らないし、Ｆランクの僕たちにも優しい視線を向けている。

その時、扉がノックされ、十代後半に見える女騎士が部屋に入ってきた。髪は淡い金色で肌は透き通るように白い。そして、両方の耳はぴんと尖っていた。

エルフの女騎士か……。

「あ、ちょうどよかった」

シャロットが女騎士を手招きした。

「彼女はティレーネ。フラウ家に仕えてくれている騎士です」

「ティレーネです」

女騎士——ティレーネは凜とした声で僕たちに挨拶した。


僕たちは、エルフの女騎士ティレーネから、状況を教えてもらった。

四十日前にモンスターの群れが近くの鉱山で働く村人たちを襲った。モンスターの種族はゴブリン、オーガ、オークの混在で、数は二百体以上。犠牲者は百人を超え、シャロットの父親のバルトン男爵が指揮した討伐隊も全滅したらしい。

ティレーネは整った唇を開いた。

「奴らがいるせいで、村人たちは鉱山で仕事をすることもできず、農作業や森での狩りもできなくなった。それどころか、何体かのモンスターが村に侵入した形跡があるのだ」

「それで冒険者ギルドに依頼したんですね？」

僕の質問にティレーネがうなずく。

「実績のある黒鷹の団に依頼を受けてもらえたが、シャロット様は少しでも多くの戦力を集めたいと言われてな」

「魔族が関わっているからですか？」

「今のところは、その可能性があるぐらいだが……」

ティレーネは険しい表情で僕を見つめる。

「もともと別種族のモンスターが群れを作ること自体が珍しいのだ。しかも、奴らは統率が取れている。訓練された部隊のようにな。それに」

「それに何です？」

「村の子供が見たらしいのだ。角を生やした青白い肌の男がモンスターの中にいたと」

「それが事実なら、魔族だろう」

クロが低い声で言った。

「魔族の血は青紫色だから、斬ればすぐにわかる。だが、外見でもある程度予想がつくからな」

「はい。私も魔族だと考えます」

ティレーネはテーブルの上に置かれた領地の地図を指さす。

「奴らが出没した場所に印をつけています。その近くに潜伏場所がある可能性が高いのではないかと」

「……ほう。ならば、俺たちがその場所に行って、魔族を倒すか。リーダーが死ねば群れは解体するだろう」

「ちょっと待ってくれ！」

開いていた扉から、黒い鎧をつけた二十代くらいの男が部屋に入ってきた。男は黒髪で褐色の肌をしていた。瞳は黒く、頬に傷がある。腰には大きめのベルトをしていて、そこに青色のプレートがはめ込まれていた。

たしか、青色のプレートはBランクだったな。ってことは、なかなか強い冒険者か。

「クロさん」

男はイスに座っていたクロに歩み寄った。

「魔族の件は俺たち黒鷹の団にまかせてくれ」

「……お前は？」

「俺はBランク冒険者のカラエス。黒鷹の団の副リーダーをやってる」

男――カラエスは視線を下げてクロを見下ろす。

「あんたはSランクで俺より強いのはわかってる。だが、今回は譲ってもらうぜ」

「お前たちが魔族を倒すってことか？」

「ああ。こっちが先に依頼を受けたんだ。文句はないだろ？」

「……勝てるのか？」

「もちろんさ。こっちは五十人もいるんだ」

カラエスは白い歯を見せて笑った。

「腕の立つCランクの奴らも連れてきてるし、魔族を倒す作戦も考えてある。あんたが戦う必要はない」

「と言ってるが、どうする？」

クロが僕に視線を向けた。

「それなら、黒鷹の団におまかせします」

「おっ、わかってるじゃねぇか」

カラエスが僕の肩を軽く叩く。

「それが正しい選択だ。仲間のクロさんが強くても、お前はFランクなんだからな」

「そうですね。戦闘経験も少ないし」

「なら、村の守りはお前たちに頼むぜ。クロさんがいれば、万全だろうしな」

カラエスはシャロットに顔を向ける。

「シャロット様。安心してください。群れのリーダーが魔族だったとしても、俺たち黒鷹の団が倒しますから」

「よろしくお願いします」

シャロットが頭を下げると、カラエスは満足げに部屋から出て行った。

「ねぇ、クロ」

僕はクロの頭部の耳に口を寄せる。

「Bランクの冒険者が魔族に勝てるの？」

「それはわからんな。魔族といってもピンキリだ。Bランクレベルの魔族もいるし、Sランクを超える魔族もいる」

「そっか……」

僕は唇を結んで考え込む。

あの人たちが魔族を倒してくれれば問題ないけど、最悪の事態も想定しておくべきだな。

もっと強力な武器を作っておくか。だいぶ、レア素材も揃ってきたし。

その日の夜、僕と由那とクロは村外れの空き家で休むことになった。

僕は木製のテーブルの上に置かれたダホン村周辺の地図を確認する。

黒鷹の団の主力は、南の森の中を時計回りに移動してるようだ。どこかにあるモンスターのアジトを探してるんだろうな。

村の守りは、僕たちと村の自警団が担当か。

「由那さん……」

僕は由那に小さな斧を渡した。それは長さが二十五センチで斧刃は赤紫色。柄(つか)の部分に魔法文字が刻んである。僕が創造魔法で作った武器だ。

「小さい斧だね？」

由那は首をかしげる。

「今の私なら、もっと重くて大きい斧が使えるよ」

「わかってる。それ、大きくなる斧なんだ。柄の部分を握って、自分の望む大きさを想像してみて」

「う……うん」

由那は持っていた斧をメガネ越しに見つめる。

突然、小さな斧が巨大化した。柄の部分が一メートル以上に伸び、斧刃は十倍以上の大きさになった。

「おっ、おい！」

横になっていたクロが上半身を起こした。

「何だ？　その武器は？」

「僕が作った武器だよ。状況によって大きさを変えられる斧が由那さんには合ってるかなって思って」

僕はクロの質問に答える。

「斧刃は血や脂を弾くようにして、特別な効果をつけたんだ」

「特別な効果とは何だ？」

「体力回復効果だよ。アイテム屋でレア素材の『不死(ふし)スライムの欠片』を手に入れたからね。他の素材と組み合わせて作ってみたんだ」

「体力回復だと？」

クロの金色の目が丸くなった。

「巨大化する斧にそんな効果までついてるのか。国宝レベルじゃないか」

クロは僕の顔をじっと見つめる。

「お前……特級の錬金術師なのか？」

「いや。実は錬金術師じゃなくて、僕が使ってるのは創造魔法なんだ」

「……はぁっ!?　創造魔法っ？」

クロは牙の生えた口をぱくぱくと動かす。

「どうしてお前が創造魔法を使える？　あれはアコロンだけしか使えないはずだぞ」

「それは……」

僕はクロに、アコロンの残留思念から創造魔法を教えてもらったことを話した。


「なるほどな……」

クロは腕を組んで何度もうなずいた。

「お前がシュークリームを具現化した時、少し違和感があったのは創造魔法を使ってたからか」

「どこに違和感があったの？」

「具現化にかかった時間の速さだな。お前はシュークリームを一瞬で出した。しかも冷たくて新鮮なシュークリームを」

「そういうところでも創造魔法と錬金術の差があるんだね」

僕は右手の人差し指にはめたダールの指輪を見つめる。

創造魔法は錬金術を基礎としてるけど、やれることは格段に多い。攻撃呪文も使えるし、考えた武器や防具も時間をかけることなく作ることができる。

まさに万能の魔法が創造魔法なんだ。こんな魔法を生み出したアコロンは天才なんだろうな。

クロが僕に顔を近づけた。

「お前、どの程度、創造魔法が使えるんだ？　アコロンと同レベルか？」

「いや。今は素材も揃ってないし、経験も足りないから。でも……」

「でも、何だ？」

「異界人の僕の知識があれば、創造魔法をより強力に使うことができると思う」

「創始者のアコロンよりもか？」

「……うん」

「ならば、魔王ゾルデスの討伐は夢物語ではなくなるな」

「いつかは……だけど」

僕は両手を強く握り締める。

その時、扉がノックされ、エルフの女騎士ティレーネが家に入ってきた。ティレーネは真っ直ぐに結んでいた唇を開いた。

「南の森で黒鷹の団がモンスターの襲撃に遭ったようだ」

「襲撃だと？」

クロは短く舌打ちをした。

「攻めに行って、逆に攻められたか。犠牲者の数は？」

「四十人以上です」

ティレーネが暗い声で言った。

「村に戻ってこられたのは八人で、六人がケガをしてます」

「僕、回復呪文が使えます！」

僕は右手を挙げた。

「お前、錬金術師なのに回復呪文も使えるのか？」

「はい。多分、役に立てると思います」

「助かる。回復薬より、回復呪文を使ったほうが治りがいいからな。来てくれ！」

僕はティレーネといっしょに村の広場に向かった。

◇　◇　◇

広場には黒鷹の団の冒険者たちが集まっていた。

魔道師らしき三十代くらいの女が、ケガをして横たわっている男に回復呪文をかけている。

「手伝います」

僕は近くで腹を押さえている男に駆け寄った。男の服は赤く染まっていて、血が地面に染み込んでいる。男の隣に片膝をつき、僕は右手を男の腹部に近づけた。

「じっとしててください」

ダールの指輪に収納していた魔力キノコと夢月草を組み合わせる。僕の右手が黄金色に輝き、その光が男の腹部を照らした。流れ出ていた血が止まり、男の傷が塞（ふさ）がる。

「あ……」

痛みが消えたのか、男の閉じていたまぶたが開いた。

「……お前が助けてくれたのか？」

「ええ。そのまま安静にしててください」

僕は立ち上がって、次のケガ人を探す。

「待ってくれ」

ケガを治した男が僕のズボンを掴んだ。

「ん？　まだ痛いんですか？」

「……いや」

男は上半身を起こして、僕に頭を下げた。

「ありがとう。それだけ言いたかったんだ」

「気にしないでください。これも仕事のうちですから」

右手を軽く挙げて、男から離れる。

黒鷹の団の中にも腰の低い人がいるんだな。

と、そんなことを考えてる場合じゃない。一人でも多くの人を助けないと。

唇を強く結んで、僕は次のケガ人に走り寄った。

翌朝、丘の上にある屋敷の広間に、僕、由那、クロ、フラウ家のシャロット、女騎士のティレーネ、黒鷹の団の副リーダーであるカラエスが集まった。

腕に包帯を巻いたカラエスが口を開く。

「魔族だ……。魔族がいた」

カラエスの言葉にシャロットの顔が強張る。

「間違い……ありませんか？」

「ああ。額に黒い角が生えていて、目は血のように赤かった」

カラエスの体が小刻みに震える。

「アレはダメだ。強すぎる。俺たちの手に負えない」

「……ほぅ」

クロがカラエスの前に移動した。

「その魔族……どんな手を使う？」

「火属性の呪文だ。火球で攻撃してくる」

「火球か。低位の呪文じゃないか」

「ただの火球じゃねぇ。スピードが速いし、空中で曲がるんだ」

「曲がる？」

「ああ。まるで火球が意思を持ってるかのようにな。しかも、同時に何十個も使ってくるんだ。避けられるわけがねぇ」

カラエスの歯がカチカチと音を立てた。

「その呪文で、十人が一瞬でやられた。その後も次々と仲間がやられて……」

「なるほど……な」

クロの頭部にある耳がぴくりと動く。

「それなりに強い魔族のようだ」

「それなりどころじゃない！　奴は剣技の腕も一流だ。それに手下のモンスターも強い。背丈が四メートル近くあるオーガもいるんだ！」

「わかった、わかった。あとは俺たちにまかせておけ」

「……クロ様」

ティレーネが結んでいた唇を開く。

「まさか、あなただけで戦うつもりですか？」

「優樹と由那にも戦ってもらう。こいつらにも経験を積ませたいからな」

「しかし、二人はFランクでは？　魔族の相手は危険すぎます」

不安げな表情でティレーネが僕を見る。

「大丈夫ですよ。無茶をする気はありませんから」

と、僕はティレーネに言った。

「いや。Fランクのお前たちが魔族と戦う時点で無茶なんだが」

「安心しろ」

クロが僕の腰を叩く。

「優樹は普通の錬金術師じゃないからな」

「あぁ。回復呪文も使えるようですが」

「それだけじゃない。優樹はシュークリームを出せるし、強力な武器も作れる。そして……シュークリームを出せるのだ」

あ、同じことを二度言ってる。

クロって、時々、突っ込みを入れたくなるようなボケを言うんだよな。そういうところも、ゆるキャラっぽい。Sランクだから強いはずなんだけどなぁ。

◇　◇　◇

僕と由那、そしてクロはダホン村を出て、南の森に向かった。

補正効果があり、ダールの指輪に収納した魔法の弾丸を連続で撃つことができる。

ゴブリン程度なら、通常弾で十分か。

そんなことを考えていると、クロが立ち上がった。

「ゴブリン五匹なら、警戒する必要はなかったな。お前たちはそこで見てろ」

クロは無造作にゴブリンに近づく。

すぐにゴブリンがクロに気づいた。

「ギュ……ギュア……」

先頭にいたゴブリンが鳴き声でクロの存在を仲間たちに知らせる。

「もう遅い……」

クロの左右の爪が紫色に輝き、二十センチ以上伸びた。

「ギュアアア！」

先頭のゴブリンが短剣を構えて、クロに突っ込んでくる。振り下ろした短剣がクロの体に当たる寸前、クロの姿が消えた。

クロは一瞬でゴブリンの側面に移動し、ゴブリンの体を爪で斬り裂く。

「ガッ……」

ゴブリンの体がぐらりと傾く。

残った四体のゴブリンが怒りの表情でクロを取り囲む。

「無意味な行動だな」

クロは低い姿勢で包囲から抜け出し、両手の爪で二体のゴブリンを斬った。ゴブリンの体から赤黒い血が噴き出し、周囲の野草を赤く濡らす。

残った二体のゴブリンは甲高い鳴き声をあげて、左右から同時に攻撃を仕掛ける。

しかし、その攻撃もクロには当たらなかった。

クロの姿が消え、ゴブリンたちの背後に現れる。ゴブリンたちが振り返ると同時に、彼らの体に三本の線ができた。

「ガ……ガ……」

二体のゴブリンが大きく口を開けたまま、落ち葉の積もった地面に倒れる。

速い。圧倒的な速さだ。モンスター化した由那の動きも速いけど、それ以上に見えた。紫色に輝いている爪の切れ味も剣より鋭いし、神速の暗黒戦士の二つ名は事実ってことか。

僕と由那は周囲を警戒しながら、クロに歩み寄った。

「クロって強いんだね」

「当たり前だ。Sランクが弱いわけないだろう」

クロはピンク色の肉球で僕のズボンを叩いた。

「次は見てないで、お前たちも戦うんだぞ」

いや、クロが僕たちに『見てろ』って言ったんだけど。

心の中で、僕はクロに突っ込みを入れた。

二つ並んだ月が淡く森を照らす頃、僕たちは鉱山に到着した。

人の姿はなく、砕かれた岩が積み重なっている。百数十メートル先に大きな穴があり、その前に多くの荷車が並べられていた。

「やはり、ここで間違いないな。奴らの足跡が新しい」

クロは金色の瞳で地面を確認する。

「優樹、由那。お前たちには目立つように暴れてもらうぞ」

「陽動(ようどう)ってこと？」

「そうだ。ほどほどに戦って雑魚(ざこ)の注意を引け。本命の魔族は俺が殺(や)る」

「ほどほどか」

僕は隣にいる由那を見る。

由那の強さは理解してる。オーガを超えるパワーがあり、スピードもとんでもない。だけど相手はモンスターで数も多い。魔法耐性があって、物理攻撃にも強い特別な服を装備してるけど、絶対に致命傷を負わないわけじゃないからな。

「大丈夫だよ」

僕の心を読んだかのように由那が言った。

「だいぶ戦いにも慣れてきたし、新しい武器もあるから」

由那は腰に提げていた小さな斧を手に持つ。

「……わかった。二人で協力して戦おう！」

その時、穴の中から数十体のモンスターが現れた。ゴブリン、オーク、そして背丈が四メートル近いオーガが一体いる。

規格外のオーガの巨体に、僕は唇を強く噛んだ。

普通のオーガより一回り大きいな。捕まったら、一瞬で首をねじ切られそうだ。

とっさに隠れた僕らに気づかなかったモンスターたちは周囲を警戒することなく、村のある方向に向かって歩き出す。

「由那さん！　北側の茂みで奇襲をかけよう」

僕と由那は低い姿勢で走り出した。

「由那さん。まずは僕がオーガを倒すよ」

魔銃零式を握り締め、僕は低い声で言った。

「あいつを倒せば、モンスターたちは混乱すると思うから」

「わかった」

由那は僕に顔を寄せた。

「それと、呼ぶ時は由那でいいから。呼び捨てのほうが嬉しいし」

「……じゃあ、由那。近づいてきたモンスターはまかせるよ」

そう言って、僕は茂みの中から魔銃零式を構える。

数十秒後、地面を揺らすような足音が聞こえてきた。

呼吸を整えながら、僕は銃口をオーガに向けた。

オーガはゴブリンに比べて皮膚が硬い。だけど、特別な弾丸——エクスプローダー弾なら、関係ない。弾頭内に火薬が入れてあり、着弾と同時に爆発する。強力な殺傷能力があって、アメリカの一部の州では禁止されている弾丸だ。実用性はいまいちって話もあるが、この弾丸は魔法の素材を使用して改良してある。

これも元の世界の知識があるからこそ、作ることができた弾丸だ。

僕は深く息を吸い込んで、引き金を引いた。銃声が響き、オーガの胸元に小さな穴が開いた。同時に大きな爆発音がして、オーガの胸の肉が飛び散った。

「ゴガッ……」

オーガは口を開いたまま、前のめりに倒れた。

残りはゴブリンがメインだ。通常の弾丸で十分っ！

僕は茂みから飛び出し、呆然としているゴブリンたちに銃口を向ける。

銃声が連続で響き、ゴブリンたちが次々と倒れる。

「ギュ……ギュアアア」

数体のゴブリンが僕に向かって走り出す。その手には短剣が握られていた。

銃と剣じゃ不公平だけど、これは命をかけた戦いだ。容赦はしない！

僕は魔銃零式で近づいてくるゴブリンを倒し続ける。

「ゴアアアッ！」

革製の鎧をつけたオークが怒りの声をあげて突っ込んできた。体重は二百キロ以上あるだろう。

こいつは通常の弾丸では無理か。

ダールの指輪に収納した炎弾を魔銃零式に装填する。僕はオークに向けて、炎弾を撃った。炎弾は火属性の呪文『ファイアボム』の効果を弾に込めたものだ。詠唱の必要がないし、弾丸なので避けるのは難しい。

銃声がすると同時にオークの体が炎に包まれる。

「ガアアアアアッ」

オークは叫び声をあげて、横倒しになった。

「ギュアアアア！」

三体のゴブリンが燃えるオークの体を飛び越え、僕に迫る。

その時――。

由那が僕の前に立った。由那の持つ小さな斧が一瞬で巨大化する。赤紫色の斧刃が三体のゴブリンの腹部を同時に斬った。

ゴブリンたちの体が二つに分かれ、その命が失われる。

由那は両足を軽く開き、巨大な斧をくるりと回す。

「優樹くんは私が守るから」

由那は近づいてくるゴブリンを次々と巨大な斧で斬る。血しぶきが舞い、地面が赤く染まっていく。月明かりに照らされて戦う由那の姿を、僕はとても美しく感じた。

◇◇◇

僕と由那は次々とモンスターを倒していった。魔銃零式で遠距離から攻撃し、近づいてきた敵は由那が巨大な斧で倒す。

モンスターの数は一気に減り、最後の一体になったオークも由那の斧で真っ二つになった。

僕は素早く視線を動かす。

百数十メートル先にある穴から、新たなモンスターたちが姿を見せた。

数は……八十……いや、百以上か。

その時、モンスターの群れの中に角が生えた男がいることに気づいた。男は青白い肌をしていて、黒い鎧を装備していた。

「あれが魔族か……」

遠目だからわかりにくいけど、髪は銀色で体格は人に近い気がする。

魔族は僕を指さして、モンスターたちに指示を出している。

すぐにモンスターたちが動き出した。足の速いゴブリンたちが甲高い鳴き声をあげて、僕たちに近づいてくる。

僕は用意していた呪文を使用する。

魔力キノコ、赤炎石、それに『白煙草（はくえんそう）』を組み合わせて……。

白い煙が周囲に充満した。

「由那っ！」

僕は由那の手を掴み、さらに転移の呪文を使用する。僕と由那は、百メートルほど離れた林の中に転移した。

転移の呪文を使うには、あらかじめ、転移する場所に時空鉱で印をつけておかないといけない。レア素材だからちょっともったいないけど、準備しててよかった。

木の陰から鉱山を見ると、白い煙に包まれたゴブリンたちが、きょろきょろと周囲を見回している。そこにオークとオーガも加わった。

僕は視線を左に動かした。魔族の近くには数体のモンスターしか残っていない。

これなら、きっと……。

とんでもない速さで魔族に近づくクロの姿が僕の視界に入った。

「クロをサポートするよ」

僕と由那はクロとは逆方向から、魔族に向かって走り出す。

距離は……百五十メートル……百二十……。

僕たちに気づいたモンスターたちを魔銃零式で撃ちながら、さらに距離を縮める。

魔族は近づこうとするクロに向かって火球の呪文を使用した。数十の火球が意思を持っているかのようにクロに迫る。クロは火球を避け続けるが、魔族に近づくことができない。

「由那っ！　周りのモンスターを頼むっ！」

僕は頭を低くして、一気に魔族に近づいた。魔族が僕の接近に気づく。青白い唇を動かし、呪文を唱える。炎の壁が現れ、僕の行く手をはばむ。

だけど、もう、この位置なら魔銃零式の射程内だ。

ダールの指輪からエクスプローダー弾を装填し、引き金を引いた。銃弾が魔族の腹部に当たり、爆発した。

「がっ……」

魔族の周囲に浮かんでいた火球が消える。

その好機をクロは逃がさなかった。残像が生まれるようなスピードで魔族に走り寄り、長く伸びた爪で魔族の胸を貫いた。

「ぐっ……き、貴様ら……」

魔族は赤い目でクロをにらみつける。

「何者……」

喋り終える前に魔族は絶命した。

「ゴガアアア！」

近くにいたオーガが怒りの声をあげて、僕とクロに迫る。

そのオーガの前に由那が立ち塞がった。由那は巨大な斧を斜め下から振り上げる。オーガの腹部にそれが当たり、オーガの巨体が五メートル以上飛ばされる。

僕たちを囲んでいたモンスターたちの動きが止まった。

数十秒の沈黙の後、モンスターたちは僕たちに背を向けて逃げ出した。

「ギャ……ギャギャ……」

「ガーッ……ガガッ」

森の中に消えていくモンスターたちを見て、クロがふっと息を吐いた。

「リーダーの魔族が死んで、群れも解散ってところか」

「逃がして大丈夫なの？」

「でかいオーガも殺したし、残りはゴブリンとオークだからな。雑魚狩りなら、村の連中と協力したほうが効率がいい」

クロは僕が持っている魔銃零式に視線を向ける。

「それにしても、とんでもない武器だな。威力もスピードも弓とは格段に違う」

「うん。僕の世界にある遠距離用の武器をモデルにして作ったんだ」

魔法の文字が刻まれた黒い銃身を左手の指で撫でる。

この世界には銃がないみたいだし、こんな武器を作れる発想が生まれたのも、元の世界の知識のおかげだな。

「ふむ。どうやら、お前は俺の予想を超えた実力者のようだ。そして由那も」

クロは巨大な斧を持った由那を見つめる。

「まさか、オーガを一撃で倒すとはな」

「優樹くんが作ってくれた武器のおかげだよ」

由那の持っていた斧が小さくなった。

「大きくなっても軽いし、体力回復の効果で全然疲れなかったから」

「役に立ったのならよかったよ」

元気そうな由那を見て、僕の頬が緩んだ。

とにかく、全員が無傷でよかった。クロも強かったし、このパーティー、なかなかレベル高いんじゃないかな？

◇◇◇

フラウ家の屋敷の一室で、クロが魔族の角をテーブルの上に置いた。

「これは……魔族の角ですか？」

シャロットが黒い角に顔を近づける。

「そうだ。これでモンスターの群れはばらばらになる。あとは散らばった雑魚を倒せば、仕事は終わりだ」

黒鷹の団の副リーダー、カラエスが結んでいた唇を開いた。

「本当にあの魔族を倒しちまったのか」

「優樹が魔族に致命傷を与えてくれたおかげで楽にとどめを刺せた。優樹は役に立つ男だぞ」

「こいつが……」

カラエスが呆然と僕を見つめる。

「感謝する」

エルフの女騎士ティレーネが僕に頭を下げた。

「あなたたちのおかげで村は救われた。バルトン男爵も天国で喜んでいるだろう」

その言葉にシャロットの瞳が潤む。

無事、魔族を倒せたのはよかった。でも、まだ仕事が終わったわけじゃない。みんなと協力して、残りのモンスターを確実に倒さないとな。

◇　◇　◇

次の日から、モンスターの残党狩りが始まった。

といっても、僕たちは村の護衛をすることになった。黒鷹の団のカラエスが頭を下げて頼み込んできたからだ。

魔族を僕たち三人に倒され、四十人以上の団員が命を落とした。副リーダーのカラエスとしては、少しでもモンスターを倒して仕事をしたとアピールしたいらしい。まあ、大きな団のようだし、いろいろと事情もあるんだろう。仕事を受ける時に団の実績も重要みたいだから。

結局、モンスターが村を襲ってくるようなことはなく、猫の耳を生やした村の子供たちと遊ぶのが僕たちパーティーの仕事となった。

三日後。カラエスたちが残党狩りを終え、ダホン村を去る日がやってきた。

屋敷の前で、フラウ家のシャロットが僕たちに深く頭を下げた。

「ありがとうございました。皆さんのおかげで村の人たちも安心して暮らすことができます」

「いえ。これが仕事ですから」

僕は胸元まで上げた手をパタパタと左右に動かす。

「それに僕たちは魔族を倒した後、あまり仕事をしてなかったから」

「そんなことはありません！」

シャロットが首を左右に振る。

「優樹様たちが村を守ってくれたから、安心して残党狩りをすることができたんです」

「それならいいんですが」

「どうか、ダホン村にいつでも立ち寄ってください。歓迎しますから」

「はい。子供たちと仲良くなったし、今度は仕事抜きで遊びに来ます」

「優樹……」

シャロットの隣にいたティレーネが僕の手を握った。

「どうか、私を許してくれ」

「えっ？　許すって？」

「お前がFランクと知って、最初は失望していたのだ。魔族やモンスターと戦えるはずがないと。だが、リーダーの魔族を倒したのはお前たちだった。私が倒せなかった魔族を」

ティレーネは頬を赤くして僕を見つめる。

「お前は強くて礼儀正しくて村の子供にも優しい、尊敬できる男だ」

「……あ、ありがとうございます」

ちょっと褒められすぎてるな。こんなに認められるとは思わなかった。

それにしても、エルフって顔が整っててキレイだな。緑色の瞳が宝石みたいだし、すらりとした体形で足も長い。小説やアニメで人気なわけだ。

ダホン村を出ると、由那が僕に体を寄せてきた。
「……ねぇ、優樹くん」
由那は半分まぶたを閉じたような目で僕に視線を送る。
「ティレーネさんってキレイだよね？　スタイルもいいし」

「あ、うん。エルフだからね。髪も柔らかな金色で全体的に輝いてるみたいだ」

「……ふーん」

メガネの奥の由那の瞳が少し暗くなった気がした。

「あの人、よく優樹くんに声かけてたよね？」

「そうだね。元の世界のこととか、僕の家族のことを聞いてきたかな」

「へーっ、そうだったんだ。優樹くんの家族のことかぁ」

由那は目を細めて微笑する。

あれ？　何か由那の笑顔がいつもと違う気がする。どうしたんだろう？

「由那……どうかしたの？」

「んっ？　別に何もないよ」

「でも、何か、いつもと違う感じがして」

「気のせいだよ」

由那は指先で僕の胸に触れる。

「さあ、早く冒険者ギルドに報告して家に戻ろうよ。転移の呪文で移動できるんだよね？」

「あ……うん」

僕は首を縦に振る。

やっぱり、由那の様子が変な気がする。ちょっと怒ってるような感じがするし。僕、何か悪いことしたかな？

校舎の三階にある二年A組の教室に見張りを除く十六人の生徒たちが集まっていた。

各々の机の上には野草のスープと小さな干し肉が置かれている。

委員長の宗一が教壇に上がり、結んでいた唇を開いた。

「食べながら聞いてくれ。知っての通り、最近、鳥を狩れる場所の近くにゴブリンの群れが住み着いている。そのせいで、南の森での食料探しが困難な状況だ」

「西にある川の近くじゃダメなの？」

料理研究会の胡桃が質問する。

「あそこも鳥がいるんでしょ。前に卵も手に入ったし」

「あっちも無理だ。角の生えた狼の群れが川辺にずっといる」

「あいつらも鳥を狙ってるんだろうな」

野球部の浩二がため息をついた。

「モンスターだって、生きるためには飯を食わなきゃいけないし」

「じゃあ、どうするの？」

自己中心的で感情の起伏が激しい奈留美がイスから立ち上がる。

「食べ物がなけりゃ、私たち死んじゃうんだよ！」

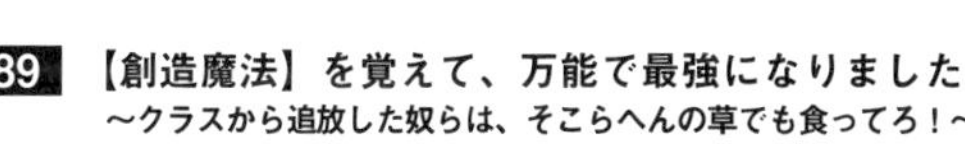

「そんなのわかってるって。大きな声出すなよ。お前の甲高い声は空きっ腹に響くんだよ」

「はっ、はぁっ!?」

奈留美は唇を歪めて、浩二をにらみつける。

「ねぇ、委員長」

上位カーストグループのエリナが宗一に声をかけた。

「優樹くんのほうはどうなってるの？　優樹くんと仲直りすれば、食料問題は一気に解決するんだけど」

「家に何度も行ってるが留守のようだ。反応がない」

宗一がメガネの位置を調整しながら、エリナの質問に答えた。

「つまり、優樹くんは私たちが四郎くんを追放したことも知らないわけね」

「そうなるな」

「それじゃあ、追放した意味がまったくないんだけど？」

エリナは茶色の髪をかき上げながら、ぷっくりとした唇を動かす。

「とにかく、優樹くんと仲良くなるのが最優先だよ」

「わかってる。だが、優樹に会えなければ交渉もできない」

宗一は平手で教卓を叩いた。

「とにかく、優樹が戻ってきたら……」

その時――。

ドアが開き、黒い服を着た女が教室に入ってきた。

女は二十代前半ぐらいの外見で、髪は銀色だった。瞳の色は金色で肌は褐色。両方の耳はピンと尖っていた。

「だっ……ダークエルフだ」

アニメ好きの拓也が掠れた声でつぶやいた。

ダークエルフは金色の瞳で生徒たちを見回す。

「……ほぅ。異界人か。こんなに多いのは珍しいな」

「あ、あなたは……誰ですか？」

宗一がダークエルフに近づく。

「魔王ゾルデス様の忠実なる配下。七魔将のカリーネ」

ダークエルフ――カリーネは自身の名を口にする。

「変な建物があると思ったが、別の世界から土地ごと転移してきたようだな」

「マジかよ……」

ヤンキーグループのリーダー、恭一郎が目を丸くしてカリーネを見つめる。

「耳が尖ってるぞ。人間じゃないのか？」

「そんなことどうだっていいよ」

奈留美がカリーネに駆け寄る。

「ねぇ、あなた。私たちを助けてよ」

「助ける？」

「そう。元の世界に戻して！」

「そんな秘術など知らんな」

「じゃあ、食べ物をちょうだい。それぐらいなら、なんとかなるでしょ！」

「食べ物か……」

カリーネは机の上に置かれている野草のスープと干し肉を見る。

「これだけの人数がいて、狩りもできぬか。使えぬ奴らだが、異界人という素材は面白い」

カリーネの口角が吊り上がる。

「いいだろう。お前たちに力を与えよう。強き力をな」

「力って何だよ？」

浩二がカリーネに質問した。

「魔法が使えるようになるってことか？」

「それはわからん。その者の潜在能力によって変わるからな。力が強くなる者もいれば、様々な魔法を使える者もいる」

「それ……いいな」

剣道部の小次郎がにやりと笑った。

「これで、俺たちも優樹と同じように特別な力を手に入れられるってことか」

浩二がぐっとこぶしを握った。

「やったぜ。これで優樹に頭を下げる必要はなくなった」

「そうだな。戦闘能力が上がれば、力ずくで優樹に命令することもできる。そして由那にも」

小次郎は好色な笑みを浮かべて、唇を舐める。

「やった……やったよ」

拓也が小刻みに体を震わせた。

「これで僕もアニメの主人公みたいに活躍できるんだ。くくっ」

「勘違いするな」

カリーネが冷たい視線を生徒たちに向ける。

「全員に力を与えるわけではない。潜在能力が高く、私に忠誠を誓う者だけだ」

カリーネの金色の瞳に魔法陣が浮かび上がる。

「……お前、お前、お前」

カリーネは上位カーストグループの大我、エリナ、百合香を指さす。

「それと……お前だ」

最後に選ばれたのも上位カーストグループの霧人だった。

「へーっ。私って潜在能力が高いんだ」

エリナが自身の胸に手を当てる。

「自分じゃ何もわからないけど」

「そうだな」と大我が同意する。

「まっ、待ってよ！」

拓也がカリーネの前で土下座した。

「僕にも特別な力をください。あなたに忠誠を誓うから」

「無駄だ」とカリーネは言った。

「この四人以外の者は潜在能力が低い。貴重な秘薬を使って儀式をやっても、低位の魔族以下の力しか手に入らないだろう」

「それでも僕は力が……」

「くどいぞっ！」

カリーネは拓也の腹を蹴り上げた。

「私の軍団にゴミは必要ない！　殺されぬだけ有り難いと思え！」

その言葉に教室の中が静まり返る。

上位カーストグループの霧人がイスから立ち上がり、カリーネに歩み寄った。

「あなたの部下になれば、何が手に入るの？」

「全てが手に入るぞ」

カリーネはにんまりと笑った。

「美味い食い物や酒だけではない。魔王ゾルデス様に認められれば老いることなく、何百年も生きることができる」

「……ふーん。悪くないね」

霧人が端正な唇を動かした。

「いいよ。部下になる。特別な力にも興味があるし」

「ちょっと待って！」

副委員長の瑞恵が霧人のシャツを掴んだ。

「何言ってるの？　この人は魔王の配下なのよ？　それって悪人ってことでしょ？」

「別にいいでしょ」

霧人の代わりにエリナが答えた。

「この世界は元の世界とは違うんだし。魔王がいい人かもしれないよ」

「だっ、だけど、常識的に考えたら……」

「常識なんてないよ」

エリナはきっぱりと言った。

「それに魔王が悪だとしても、私には関係ない。力をくれるって言うのなら、どんな悪いことだってするわ」

「そっ、そんなこと許されると思ってるの？」

瑞恵が眉を吊り上げる。

「許されるのよ。この世界ならね」

「うん。エリナが正しいね」

上位カーストグループの百合香がうなずく。

「魔王が悪なんて、元の世界の考え方だし。単なる種族の争いじゃないのかな。なら、私は自分に力をくれる勢力につくよ」

「ああ。こんないい女の部下になるのも悪くねぇ」

大我はカリーネの胸元を見ながら唇を舐める。

「お、おいっ！」

ヤンキーグループの恭一郎が大我に声をかけた。

「お前たち、まさか、俺たちを見捨てるつもりかよ？」

「まあ、こうなったらしょうがないよな」

大我は、ふっと肩をすくめる。

「お互い、頑張って生きていこうぜ」

「ふっ、ふざけんなよ！」

恭一郎が近くにあったイスを蹴り上げた。

「お前、自分が選ばれたからって、調子に乗るなよ」

「あぁ？　俺とガチでやり合うつもりか？」

大我は片方の唇の端を吊り上げる。

「お前はケンカで負けたことがないらしいが、ボクシングの高校チャンピオンにも勝てると思ってるのか？」

「舐めるなよ。ケンカは何でもありだぜ」

恭一郎は両足を広げて、腰を落とした。

突然、カリーネが右手を恭一郎に向けた。青白い光が恭一郎の肩に当たる。

「があっ！」

恭一郎は大きく口を開いたまま、横倒しになった。その体がぴくぴくと痙攣している。

「無駄な時間を使うな。お前たちは私の配下になったのだからな。行くぞ」

カリーネは生徒たちに背を向けて廊下に出た。

その後に続いて、霧人、大我、エリナ、百合香が教室を出ていく。

足音が遠ざかり、教室の中が静まり返った。

「……ねぇ、委員長」

瑞恵が宗一の肩に触れた。

「私たち、これからどうすればいいの？」

「……」

瑞恵の問いかけに、宗一は答えることができなかった。

◇　◇　◇

僕と由那とクロは、ヨタトの町の冒険者ギルドで依頼完了の報告をした。

報酬のお金を三人で分け、僕と由那は一度、家に戻ることにした。クロも誘ったが、なじみの店で一杯（ミルク）やりたいらしい。

三日後に会うことを約束して、僕たちは一度別れた。

転移の呪文で家に戻ると、また、扉に手紙が挟まっていた。

「また、手紙か……」

僕は手紙の内容を確認する。


『水沢優樹、高崎由那へ。報告と話したいことがあるので、学校に来て欲しい。クラスメイト一同』


あぁ。どうせ、食料のことだろうな。今日は疲れてるし、明日でいいか。

夕飯も食べたいし、お風呂にも入りたいし。

◇　◇　◇

夕食と入浴を終えた後、僕は部屋のベッドに寝転んだ。

エアコンが作動していて、部屋の温度は快適だ。天井の照明も明るくて、この部屋にいると、元の世界に戻ったような感覚になる。

「やっぱり、電気が使える家っていいな」

そうつぶやきながら、右手にはめたダールの指輪を見つめる。報酬のお金でさらにレア素材を手に入れられたし、順調だな。あと一回、難度の高い依頼をクリアできたら、Eランクになれそうだ。

とにかく、依頼をいっぱい受けて実績と経験を積んでいこう。そして魔王ゾルデスを倒して、元の世界に戻るんだ！

そんなことを考えていると眠くなってきた。

「常夜灯」

僕の声に反応して、天井の照明がオレンジ色に変わった。

大きなあくびをして、僕はまぶたを閉じた。

胸元を撫でられる感覚がして、僕はまぶたを開いた。

目の前には僕に体を寄せている由那の姿があった。由那はメガネを外していて、唇を半開きにしている。瞳は潤んでいて、パジャマのズボンをはいていなかった。

上着のすその部分から見える白い下着が僕の顔を熱くした。

これ……もしかして、また……。

「ねぇ、優樹くん」

甘い声が由那の口から漏れた。

「今朝、ティレーネさんに手を握られてたよね？」

「あ……う、うん」

「優樹くん、嬉しそうだった」

由那は柔らかい胸を僕に押しつけ、顔を近づける。

「ティレーネさん、キレイだもんね。エルフだし、足がすらっとしてて」

由那の瞳孔が猫のように縦長になった。

「もしかして、ティレーネさんのことが好きになったのかな？」

「い、いや。違うよ。いい人だと思うけど」

「でも、ティレーネさんにキスされたら嬉しいよね？」

「……そんなことは」

「あ……今、少し悩んだよね？」

由那の整った眉がぴくりと動く。

「優樹くんって、いじわるだよね。私が優樹くんのこと、好きだって知ってるのに」

「い、いや。それはサキュバスの血の影響かもしれなくて。それに好きの意味が」

「ライクかラブかってことでしょ？」

「うん。だから、こんなことは……」

「こんなこと？　こんなことって何？」

潤んだ由那の瞳に僕の慌てた顔が映っている。

その瞳に吸い込まれそうになった。

これはまずいな。由那の目を見てると体が熱くなって、自分をコントロールできなくなる。

魔力キノコと銀香草を使って、状態異常を治す呪文を……あ……。

「創造魔法は使えないよ」

由那は左手の薬指にはめたダールの指輪を僕に見せる。

「これで優樹くんは何もできない。力も私のほうが強いから」

ピンク色の舌で唇を舐めながら、由那は妖しげに微笑した。

「優樹くんは優しいよね」

由那は胸を密着させたまま、僕の耳に桜色の唇を寄せる。

「私、わかってるから」

「わっ、わかるって？」

「優樹くんが、私の気持ちを大事にしてくれてること」

由那は僕の半開きの口に顔を近づけ、ふっと息を吐いた。由那の息が僕の体内に入り込み、体が動かなくなる。

「体が……」

「あはっ。上手くいったみたい」

由那はピンク色の舌を出した。

「これって、サキュバスの能力なんだよ。狙った獲物を動けなくする息なの」

「狙ったって……」

「安心して。朝になったら、動けるようにしてあげる」

由那は僕の指に自分の指を絡(から)めて、幸せそうに微笑む。

「優樹くん。私、我慢するからね。変な気持ちになっても我慢するから。だから、優樹くんの指だけは私の自由にさせて」

「ゆ、指？」

「うん。指だけでいいの。それで我慢できるから」

そう言って、由那は僕の人差し指に唇を寄せた。

そして、僕にその行為を見せつけるように、僕の指を濡れた舌で舐め始めた。

◇　◇　◇

どのぐらいの時間が過ぎたんだろう？

一時間……いや、二時間ぐらいか。

完全に正気に戻った由那が、僕の目の前で土下座をしていた。

「ごめんなさい、ごめんなさい、ごめんなさいっ！」

由那は涙目で体を震わせる。

「私、自分の意識が残ってたのに、こんなことして……」

「いっ、いや。大丈夫だから」

僕は片膝をついて、由那と視線を合わせる。

「別にケガしたわけでもないし……イヤじゃなかったから」

「イヤじゃなかった？」

由那はぱちぱちとまぶたを動かす。

「優樹くんの体を動けなくしたのに？」

「……由那だから」

自分の顔が熱くなった。

由那も顔を真っ赤にしている。

「謝らなくていいから。モンスター化の影響なのもわかってるし」

「優樹くん……」

由那が潤んだ瞳で僕を見上げる。

「あ……メガネかけてくれるかな」

「あう……ごめん」

由那は投げ捨ててあったメガネを拾った。

早めに由那のモンスター化を治せるスペシャルレア素材の幻魔の化石を手に入れないとな。

毎晩、あんなことされたら、僕の精神が持たなくなるし。

由那に舐められた指を見て、僕は深く息を吐いた。

◇◇◇

翌朝、僕と由那は学校に行くことにした。

数百メートルほど歩くと、校門が見えた。校門の前では野球部の浩二が見張りをしている。

浩二は僕を見ると、慌てて駆け寄ってきた。

「おいっ、優樹。お前、どこに行ってたんだよ?」

「町のほうにね。で、話って何?」

「あぁ。とりあえず教室に来てくれ」

浩二は周囲を見回した後、門を閉める。

「見張りはいいの?」

「ちょっとぐらいいいだろ。朝にモンスターが来ることは滅多にないしさ」

僕たちは浩二といっしょに校舎に向かった。

◇◇◇

教室には十二人の生徒たちがいた。

「優樹じゃないか」

委員長の宗一が青白い顔を僕に向ける。

あれ？　疲れてるみたいだな。顔色がよくない。

「手紙見たよ。話って？」

「あ、ああ。いろいろと君に話さなければいけないことがあるんだ」

宗一はメガネのつるに触れる。

「まず、僕たちは比留川四郎を追放した」

「えっ？　追放？」

驚きの声が僕の口から漏れた。

「どうして、四郎くんを追放したの？」

「彼があなたの追放を提案したからよ」

宗一の隣にいた副委員長の瑞恵が答えた。

「そのせいで私たちは間違った選択をしたし」

「……四郎くんが悪いってこと？」

「そうよ。私があなたにひどいこと言ったのは四郎くんに騙されたせいだから」

瑞恵は不機嫌そうに舌打ちをした。

「これでいいでしょ？」

「いいでしょ、って？」

「これからは仲良くしようってこと」

瑞恵は、ちらりと由那を見る。

「もちろん、由那ともね。いろいろ誤解があったみたいだし」

「誤解か……」

「ああ、そうさ」

剣道部の小次郎が言った。

「ここは危険な異世界なんだ。みんなで協力して生きていくべきだろ？」

「その言葉、僕が言ったんだけど？」

「あ……そうだったか」

小次郎の頬がぴくりと動いた。

「まあ、俺たちも、そのことに気づいたんだよ。お前が正しかったってな」

「ああ。お前はすげぇよ」

恭一郎がパンパンと拍手をした。

「元の世界の食いもんを出せるし、電気が使える家も一日で建てやがった。認めてやるよ。お前がナンバー1だってな」

「だよね」とヤンキーグループの亜紀が同意した。

「みんなもそう思うでしょ？」

クラスメイトたちが同時に首を縦に振る。

「うん。優樹くんはハンバーガーや牛丼を食べさせてくれたし」

「あれは最高に美味かったよな。俺、泣いちゃったよ」

「ああ。しかもすき野家の牛丼だからな。特盛りでないのが残念だったが」

「ほんと、私たちバカだったよ。四郎くんに騙されて、優樹くんを追放しちゃうなんて」

白い歯を見せて笑うクラスメイトたちに、僕は違和感を覚えた。

えらく、僕を持ち上げてくるな。由那の力を知って、強引な手は使えないと理解したのか？

「とにかくだ」

宗一が僕の肩に触れた。

「僕たちには君が必要なんだ。それに由那も」

宗一は視線を由那に動かす。

「今の由那なら、モンスターと対等以上に戦えるだろう」

「そうよ」と奈留美が言った。

「由那がモンスターを殺して、優樹くんが食べ物を提供すれば、私たちは安心して暮らすことができるんだから」

奈留美の提案に、僕は頭が痛くなった。

前から奈留美は身勝手で、自分だけは特別みたいな考え方をしてた。多分、親から甘やかされて育ったんだろうな。

だけど、僕は奈留美の親じゃない。

「……奈留美さん。僕が君を助けるメリットってあるの？」

「メリット？　何それ？　クラスメイトが困ってるのに、そんなこと言うの？」

「いや。君は僕がケガをして困っていた時に、僕の追放に賛成したよね？」

「だからぁ、それは四郎くんに騙されたの！」

奈留美は眉を吊り上げる。

「あなたが魔法を使えるようになるのなら、追放なんてしなかったんだから」

「魔法を使えなくなったら、また追放するってこと？」

「え？　使えなくなったの？」

「たとえば……だよ」

「……もっ、もちろん追放なんてしないから」

数秒間悩んだ後、奈留美はそう答えた。

「その通りだ」

宗一が僕に笑顔を向ける。

「僕たちが君を見捨てることはもうない」

「ふーん……」

僕はクラスメイトたちを見回す。

「なぁ、優樹」

浩二が胸元で両手を合わせた。

「俺も悪かったよ。四郎の口車に乗せられてさ。でも、今はお前とマブダチになれると思ってるぜ」

「僕もだよ」とアニメ好きの拓也が言った。

「僕たちを見捨てた霧人たちとは違って、優樹は優しいからさ」

「見捨てた？」

「うん。あいつら、ダークエルフの仲間になったんだよ。魔王ゾルデスの配下の」

「魔王ゾルデス？」

僕の声が大きくなった。

僕はみんなから、霧人たちが出ていった経緯を聞いた。

まさか、霧人たちが七魔将の配下になるなんて。

七魔将は魔王ゾルデスの軍団を指揮する魔族だ。ゾルデスを倒そうとしている僕の敵になる可能性が高い。つまり、僕は霧人たちと戦うことになる。

一瞬、周囲の空気が冷えたような気がした。

霧人は頭が良く、スポーツも万能の完璧超人だ。あまり感情を表に出さず、何を考えているのかわかりにくいところがある。

大我はボクシングの高校チャンピオンで身体能力が高い。ゴブリンを素手で倒していたし、好戦的なタイプだ。

百合香は弓道部で弓の腕前は一流だし、エリナも運動神経がよく、抜け目のない性格をしている。

それにしても上位カーストグループの四人全員が潜在能力が高かったなんて。いや、隠された能力があったからこそ、上の立場になれたのかも。

「なぁ、優樹」

宗一が柔らかい声を出した。

「僕たちは協力できると思うんだ」

「協力って？」

「四郎と霧人たちがいなくなって、僕たちは十三人になった。しかもモンスターのせいで食料集めが困難な状況にある。南の森にはゴブリンの群れが住み着いたし、西の川辺には角の生えた狼が何十匹もいる」

「そう。大変だね」

「だが、君と由那が戻ってくれれば、この状況は一気に改善できる。食料問題は解決し、危険なモンスターの襲撃に怯えることもなくなる」

「……だろうね」

「だろうねじゃないわよっ！」

副委員長の瑞恵が声を荒らげた。

「みんな、苦しんでるのがわからないの？　元の世界じゃいっしょに授業を受けた仲間なのに」

「でも、今は赤の他人だよね？　君がそう言ったはずだし」

「……あっ、赤の他人でも困ってたら助けるのが人間でしょ！」

「だけど、僕がケガした時、みんなは助けてくれなかったよ？」

僕はクラスメイトたちを見回す。

「まあ、僕が役立たずで寄生虫だったから、その選択は正しいのかもね」

「そうよ。あの時のあなたは役立たずだった。今は違うけど」

「じゃあ、君たちはどうかな？　僕にとっては何の役にも立たないよ」

「そんなことはない」

宗一がメガネに触れながら、首を左右に振った。

「この前も貴重な石を見つけたじゃないか。そうだろ？」

「あぁ。そうだね。だけど、君たちのところに戻る理由としては、いまいちかな。あの石だって、町で買えるものだし」

「ねぇ、優樹くん」

援助交際をしているというウワサがあった千春が僕に歩み寄った。

「私だけでも優樹くんの仲間にしてもらえないかな」

「……君だけを？」

「うん。もちろん、あなたには由那がいるのはわかってる。だけど、私だって、平均以上はあると思うし」

千春は開いた口の中で舌を動かした。

「私、いろいろ知ってるよ。男が喜ぶことをさ」

「……いや。そんな気はないよ」

僕は首を左右に振る。

「君だけじゃなく、由那以外を仲間にする気はない」

「由那が魅力的だから？　それとも幼馴染みだから？」

「それだけじゃない。由那は僕の追放に反対してくれたからだよ」

僕はきっぱりと言った。

「だから、僕は由那を大切にするし、全力で守ろうと思ってる」

「私を守る気はないってこと？」

「追放される前はあったよ。みんなと協力して、自分にできることは何でもやろうと思ってた。だけど、今はないかな」

「それって冷たいよね」

「ケガをしたクラスメイトを追放するほうが冷たくないかな？　君も追放に賛成したよね？」

僕の言葉に、千春は沈黙した。

「それじゃあ、僕は行くよ」

僕は由那といっしょに教室を出る。

「あ、そうだ。西の川辺にいるモンスターは一角狼って種族で、角は魔法の素材になるんだ。だから、僕が倒しておくよ」

「倒しておく？」

宗一がメガネの奥のまぶたをぱちぱちと動かす。

「狼の群れは何十匹もいるぞ」

「それぐらいなら、五分もかからないから」

そう言って、僕は教室のドアを閉めた。

無人の廊下を歩き出すと、由那が口を開く。

「優樹くんって、優しいよね」

「優しい？」

「うん。みんなが食料に困らないようにモンスター退治してあげるんでしょ？」

「……ついでだよ。一角狼の角はレア素材で、身体強化の呪文に使えるから」

唇を強く結んで、僕は階段を下りる。

ろくでもない奴らだけど、死ねばいいとまでは思わない。西の川辺からモンスターがいなくなれば、最低限の食料は手に入るだろうし。

まあ、栄養を摂取できるだけで、元の世界の食べ物に比べれば美味しさは十分の一もないだろうけどね。

　五日後、僕と由那とクロはヨタトの町の北にある遺跡にいた。

　横倒しになった巨大な円柱を背にして、僕は呼吸を整えた。片膝をついて視線を動かすと、全長十五メートルを超えたドラゴンが視界に入った。

　ドラゴンは黒光りするウロコを生やし、頭部から赤い角が伸びていた。肩に刺さった金属製の矢を見て、クロが口を開く。

「どうやら、奴がルバス村を襲ったドラゴンで間違いないな」

「うん。どうする？」

「ドラゴンは硬くて攻撃力も高い。だが、俺たちなら十分に勝算はある。問題は」

　クロはドラゴンの翼を指さす。

「奴は不利だと思ったら、空に逃げるだろう」

「それなら問題ないよ。逃げられないような呪文を使うから」

「そんな呪文があるのか？」

「うん。逃げ回るモンスター用に考えた呪文なんだ」

　僕は右手の人差し指にはめたダールの指輪に触れる。

「ならば、やるぞ。さっさと依頼を片付けて、シュークリームだ！」

クロの爪が二十センチ以上伸び、紫色に輝いた。

まずはクロが動いた。

素早い動きでドラゴンに駆け寄る。すぐにドラゴンもクロに気づく。

「ゴアアアアッ！」

ドラゴンは長い首をひねり、クロに向かって炎のブレスを吐く。オレンジ色の炎が地面を這い、クロに迫る。その攻撃をクロは余裕を持って避け、前傾姿勢でドラゴンの側面に回り込む。

よし！　今だ！

僕と由那はドラゴンに向かって走り出す。

呪文のレシピは魔石で作ってある。魔力キノコと黄金蜘蛛の糸、あと『重魔鉱の粉』『闇蟲の乾燥卵』を組み合わせて……。

僕は意識を集中させて、呪文『マジックネット』を発動した。白く輝く無数の糸がドラゴンの巨体に絡みつく。ドラゴンは翼を動かそうとするが、白い糸が邪魔をする。

これでドラゴンの動きは大きく制限された。

僕は魔銃零式に『邪毒草』から作った毒弾を装填し、引き金を引いた。

連続で銃声が響き、ドラゴンの体に小さな穴が開く。

これでいい。毒弾の毒は増殖し、血管を通じて全身に広がる。どんどん動きが鈍るはずだ。

「ゴオ……」

ドラゴンのノドが膨らみ、口が大きく開いた。

ブレスを吐く気だな。

僕は右に走ってブレスを避けながら、毒弾を連射する。

「いいぞっ！　優樹！」

クロが逆方向からドラゴンに突っ込み、大きくジャンプした。黒いウロコの生えた背に飛び乗り、ドラゴンの頭部を狙う。紫色に輝いた爪がドラゴンの目に突き刺さった。

「ギュアアアアアア！」

ドラゴンは巨体をくねらせて、暴れ回る。遺跡の壁が崩れて、土煙が舞った。

とんでもないパワーだ。だけど、その動きは鈍くなってる。毒弾の攻撃が効いてるな。

執拗（しつよう）なクロの頭部への攻撃に、ドラゴンの頭が下がった。

そのチャンスを由那は逃さなかった。巨大な斧がさらに大きくなり、ドラゴンの首を切断する。

頭部を失ったドラゴンの体はバタバタとしっぽを動かしていたが、その動きも十秒で止まった。

僕は溜めていた息を吐き出し、大きく口を開いたドラゴンの頭部を見つめる。

これでドラゴン討伐の依頼は完了したたし、レア素材もたくさん手に入るな。

解体が大変そうだけど。

◇　◇　◇

次の日の午後、僕と由那は冒険者ギルドで、Eランクの証である黄土色のプレートを受け取った。

これがEランクのプレートか。色以外は何も変わってないな。

「おめでとうございます」

受付のエルネがカウンター越しに笑顔を向けた。

「パーティーにSランクのクロさんがいるとはいえ、魔族とドラゴンを倒したのは本当にお見事です。この調子なら、Dランクまではいけると思いますよ」

「Cランク以上になるのは大変なんですか？」

「そうですね。Cランクからは面接もありますし、実技試験でいい成績を残さないといけません」

「なるほど……」

Cランクからは個人の実力も重視するってことか。

まあ、まずはDランクだな。そこまではパーティーの実績で大丈夫みたいだし。

「ちょっと！」

突然、背後から女の声が聞こえてきた。

振り返ると、見た目が十歳ぐらいの女の子が僕をにらんでいた。髪は栗色のツインテールで瞳の色も栗色。白地に金の糸で刺繍をした服を着ている。よく見ると女の子の耳は少しだけ尖っている。

あ……ハーフエルフなのか。

女の子は僕に歩み寄り、両手を腰に当てる。

「あなたがクロ様を騙した錬金術師ね？」

「だっ、騙した？」

「そうよ！　私の大切なクロ様を」

「君は……誰？」

「私は白薔薇の団のリーダー、特級の錬金術師リルミルよ！」

そう言うと、女の子――リルミルは薄い胸を張った。

特級の錬金術師か……。

自分より三十センチ以上背が低いリルミルを見つめる。

うーん。こんな小さな女の子が白薔薇の団のリーダー？

たしか白薔薇の団って、Sランクの冒険者が複数いる強い団のはずだけど……。

「あなた……名前は？」

リルミルが僕に質問した。

「水沢優樹だよ」

「異界人なのね。それなのに錬金術を知ってるんだ？」

「ある人に教えてもらったんだ」

「ふーん。まあ、誰に教わったか知らないけど、特級錬金術師の私より下なのは間違いないわね」

リルミルは首を右に傾けて、僕を見上げる。

「で、どうやって、クロ様をパーティーに入れたの？　お金じゃないわよね？　私たちより、条件がいいはずないし」

「シュークリームだ」

僕の代わりにクロが答えた。

「シュークリーム？　それは何ですか？　クロ様」

リルミルが首をかしげた。

「極上の菓子だ。それを優樹からもらえる契約なのだ」

「お菓子……。そっ、それなら、私が王宮御用達のお菓子を毎日クロ様にお渡しします。だから、白薔薇の団に入ってください！」

「それは無理だ」

クロが即答した。

「シュークリームに比べれば、王宮御用達の菓子など甘いだけの代物だ。それに優樹たちのほうが白薔薇の団の冒険者たちより、はるかに強いからな」

「はるかに強い？」

リルミルがぽかんと口を開ける。

「……クロ様。白薔薇の団には二人のSランクがいることをご存じでしょうか？」

「あぁ。知っている」

「彼女たちより、この二人が強いと？」

「そうだ。優樹たちのほうが強い！」

クロの言葉に周りにいた冒険者たちがざわついた。

「あいつらが白薔薇の団のSランクより強い？　そんなこと、ありえないだろ」

「ああ。さっきEランクになったばかりの新人のようだしな。パーティーで魔族やドラゴンを倒したようだが、クロさんが一人でやったんだろう」

「だな。クロさんはSランクの中でもトップクラスだし」

疑惑の視線が僕と由那に集まった。

まあ、これが普通の反応か。僕が創造魔法を使えることを知ってるのは、クロと、顔見知りになったアイテム屋の店員ぐらいだし。由那のモンスター化のことはクロしか知らない。

当然、Sランクより強いとは思われないだろう。

「……へーっ。面白いことを言うのね」

冒険者たちの中から、ウサギの耳を生やした二十代前半の女が僕に近づいてきた。髪はピンク色で瞳の色は紫。すらりとした体形で腰がきゅっとくびれている。服はダークグリーンで背中に銀色の弓を背負っていた。

この人は……獣人のミックスだな。あ、ベルトにはめ込まれてるプレートが金色だ。ってことはSランクか。

「神弓（しんきゅう）のプリムか……」

クロが女の名を口にした。

女――プリムは視線を僕に向ける。

「この男の子が私より強い？　ふーん……」

獲物を見つけた肉食獣のようにプリムは唇を舐めた。

「ちょっとショックだなー。そこまで私が弱いと思われてたなんて」

「お前が弱いんじゃない。優樹が強いんだ」

クロが僕のおしりを肉球で叩く。

「お前の弓よりも、優樹のマジックアイテムのほうが上なのは間違いないからな」

「クロ様っ！」

リルミルがクロの手を掴んだ。

「その言葉、聞き捨てなりません。プリムの武器は私が精魂込めて作った弓なんですよ」

「お前の錬金術の腕前も理解してる。だが、優樹の武器は国宝級なのだ」

「……本気で、そう思っているのですか？」

「もちろんだ。それと、さりげなく俺の肉球を触るのは止めろ」

クロはリルミルの手を振り払う。

「お前はいつもそうだ。隙あらば、俺の肉球を触ろうとする」

「う……」

リルミルの頬がぴくりと動いた。

「とっ、とにかく、クロ様は間違ってます！　いや、この男に騙されてるんです！」

リルミルが僕を指さす。

「あなた、うちのプリムと勝負しなさい！」

「えっ？　勝負って？」

　僕はリルミルに質問した。

「勝負は勝負よ。あなたとプリムが戦って勝ったほうがクロ様を手に入れるの。異論はないわよね」

「いや、あるよ！　どうして僕がそんな勝負しなきゃいけないんだよ」

「いや、待て！」

　クロが僕とリルミルの間に割って入った。

「おいっ、リルミル。プリムが負けたら、どうする？」

「負けるわけがありません。プリムはSランクの冒険者なんだから」

「ならば、プリムが負けた時、白薔薇の団に俺たちの仕事を手伝ってもらうぞ」

「んんっ？　どんな仕事です？」

「ある魔族の討伐だ。冒険者ギルドの依頼ではないがな」

「何だ。そんなことですか」

　リルミルは肩をすくめる。

「構いませんわ。その程度のこと。まあ、プリムが負けること自体がありえませんけど」

「では、その勝負受けよう」

　クロは片目をつぶって、僕に合図した。

　あ……白薔薇の団に魔王ゾルデスの討伐を手伝わせるつもりか。

いい手だけど、問題は僕がプリムに勝てるかどうか……か。

◇　◇　◇

僕たちは、冒険者ギルドの中庭にある訓練場に移動した。

訓練場は縦横各五十メートルほどの広さで、地面に砂が敷き詰められていた。四隅の壁には魔法の文字が刻まれている。

「で、勝負の方法はどうする？」

クロがリルミルに聞いた。

「……的当てでもいいですか？」

「ああ、構わんぞ」

「それでは……」

リルミルは壁の近くにあった円柱に触れる。すると、壁に二重丸の的が数十個表示された。

光で表示される的か。訓練場だけあって、いろんな設備があるな。

「ルールは……」

「単純に的に当たった数でいいでしょ」

プリムが背負っていた弓を手に持つ。弓は銀色で、弓柄の部分に緑色の宝石が埋め込まれていた。

風属性の魔力が込められた『天空石（てんくうせき）』か。そして弦（つる）には『黄金麻』を使ってる。いいマジックアイテムだな。

これをリルミルが作ったのなら、相当すごい。さすが特級錬金術師ってところか。

プリムは僕に向かって口を開く。

「君もかわいそうに。確実に負ける勝負に巻き込まれるなんてね」

「確実……ですか？」

「そう。君はEランクの錬金術師で、私はSランクの弓使い。実力差は天と地以上にある。もし、君が勝ったら、私のしっぽに触らせてあげる」

そう言うと、プリムは弓を構えた。

あれ？　矢は……？

僕がそう思った瞬間、黄白色に輝く光の矢が具現化された。その矢が壁に表示された光の的の中央に当たる。

「まだまだっ！」

プリムは次々と光の矢を放つ。

二つ……三つ……六つ……。

光の矢は八つの的の中央に刺さり、その的が赤く点滅する。

「おおーっ」

背後にいた冒険者たちが感嘆(かんたん)の声をあげた。

「さすが、神弓のプリムだな。五秒もかからずに八本の矢を射(い)たぞ」

「あ、ああ。すげぇもの見せてもらったぜ。これがSランクの実力か」

「これなら、プリムの勝ちは間違いないだろう」

「だな。あの坊主もかわいそうに。これじゃあ、大恥をさらすことになるぜ」

「バカな勝負をしたわね」

プリムは頭部に生えたウサギの耳をぴんと伸ばして胸を張った。

「的当てで私と競おうとするなんて」

「ふっ、ふふっ」

リルミルが口角を吊り上げて、僕に歩み寄った。

「これでクロ様は白薔薇の団がいただくわ。文句はないわね？」

「いや。僕の番がまだだけど」

「はぁっ？　プリムの腕前を見たのに、まだ勝負する気？」

「うん。僕が勝てる可能性もあると思うし」

「……まあ、いいわ。好きなだけやってみなさいよ」

「じゃあ……」

僕は腰に提げていた魔銃零式を手に取る。

弾丸は通常弾でいいな。

僕は深く息を吸い込む。

それなりに練習してるし、実戦も積んだ。銃に命中補正効果もあるし、今の僕ならやれるはずだ。

腰を落として、連続で引き金を引く。

銃声が響き、当たった的が赤く点滅した。

その数は十二だった。

「あ……」

プリムが大きく口を開けたまま、動きを止めた。紫色の目を丸くして、赤く点滅している十二の的を凝視（ぎょうし）する。

その反応は、訓練場にいた冒険者たちも同じだった。アゴが外れたかのように口を開けて、的を見つめている。

「……何それ？」

リルミルが青白い顔で魔銃零式を指さした。

「僕が作ったマジックアイテムだよ。小型の弓みたいなものかな」

「なっ、何を的に当てたの？」

「長さが二センチぐらいの小さな金属だよ。ゴブリンを殺すぐらいの威力はあるよ」

「……」

「どうやら、勝負はついたな」

クロが口を開いた。

「優樹はプリムより四つも多く的に当てた。同じ時間でな」

「私の作った弓よりも性能のいいマジックアイテムなんて」

リルミルの声が震え出す。

「……誰……誰よ？」

リルミルは僕の上着を掴んだ。

「あなたに錬金術を教えたのは誰なの？」

「えーと……アコロンかな」

「……アコ……」

リルミルは、まぶたをぱちぱちと動かす。

「……アコロン？　アコロンって……創造魔法の創始者の」

「うん。いろいろあって、創造魔法を教えてもらったんだ」

「あ……」

目と口を限界まで開いたまま、リルミルは僕を凝視した。

アコロンの名を聞いた冒険者たちが騒ぎ始めた。

「あの坊主……創造魔法が使えるのか？」

「みたいだな。あのとんでもない武器も創造魔法で作ったんだろう」

「だけど、アコロンに弟子なんかいなかったはずだぞ。いや、それ以前に、あんな武器、アコロンだって作れないはずだ」

錬金術師らしき男が首をかしげる。

「小さな金属を飛ばしたようだが、それが見えなかった。あれを避けるのは難しいぞ」

「ああ。しかも、五秒で十発以上連射しやがった。何なんだ？　アレは」

「そっ、そうよ！」

リルミルが眉を吊り上げる。

「私は何度かアコロンに会ったことがあるし、彼の武器も知ってるわ。六属性の魔法を使える杖だった。こんな武器はアコロンだって作れない」

「それは僕が異界人だから」

僕はリルミルに言った。

「僕がいた世界には、この世界にない知識や技術があるんだ。それを創造魔法に応用したんだ」

「あなたの世界には、こんな武器があふれてるの？」

「いや。そういうわけじゃないよ。でも、この世界の人たちには想像もできないものが、いっぱいあるかな」

「あっ……」

リルミルは開いた口を両手で押さえた。

さすが、特級錬金術師だな。異界人と創造魔法の相性のよさにすぐに気づいたみたいだ。

「おいっ、リルミル」

クロがリルミルの肩を軽く叩く。

「約束は忘れるなよ」

「約束？」

「そうだ。魔族の討伐の手伝いだ。文句はないな？」

「……わかってますっ！」

リルミルは両手のこぶしを震わせる。

「約束は守ります。でも、クロ様のことは絶対に諦めませんから！」

予想外の展開だけど、白薔薇の団が協力してくれることになったのは大きいぞ。

ピンク色の眉を吊り上げたプリムが僕の肩を掴んだ。

「さっさとやって！」

「えっ？　さっさとって？」

「約束したでしょ。私が負けたら、しっぽに触らせるって」

プリムは僕に背を向けて、腰を突き出した。白くて丸いしっぽが、ぴこぴこと揺れる。

「いっ、いや。いいですよ」

僕は肩の位置まで両手を上げた。

「別にしっぽに触りたいわけじゃないし、あなたも恥ずかしそうにしてるし」

「私が約束を破った女と笑われるところを見たいってこと？」

「いえ。そういうことじゃなくて……」

「いいから、早くして！」

「は……はい」

僕はプリムに近づき、ふわふわのしっぽに触れる。

「んんっ……」

プリムは頬を赤く染め、屈辱（くつじょく）に耐えるかのように唇を結ぶ。

うーん。触り心地はいいけど、由那の視線が痛い。別にいやらしいことしてるわけじゃないのに。

「それで、クロ様」

リルミルがクロの背中に触れた。

「魔族討伐は、いつやるんですか？　手伝うとは言いましたが、団員たちにも予定がありますから」

「もう少し待て。優樹たちのランクをSまで上げておかないと、国は動かないだろうからな」

「国？　国って、どういうことです？」

「討伐するのはゾルデスだからな」

「……え？」

リルミルは首をかしげた。

「ゾルデス？」

「ああ。魔族のゾルデスだ」

「……魔王じゃないですかっ！」

リルミルがクロの黒い毛を掴んだ。

「クロ様！　私を騙したんですか？」

「騙してなどいない。ゾルデスも魔族ではないか」

「そっ、それは、そうですけど……」

リルミルは小さな口をぱくぱくと動かす。

「本気なんですか？　魔王討伐なんて」

「リーダーの優樹の目的だからな。仲間の俺は従うだけだ」

「ですが……ゾルデスには配下のモンスターが百万以上いて」

「だから、白薔薇の団の力も必要になる」

クロはリルミルの肩を叩く。

「白薔薇の団の団員は実力者が多いし、お前の作ったマジックアイテムを装備している。心強い味方だ」

「そんなことはわかってます！　それでもゾルデスを倒すのは不可能です！」

「それはわからんぞ。優樹の能力は、あのマジックアイテムだけじゃない。高位の呪文も使えるし、由那の強さもSランクレベルだ」

「この女がSランク？」

リルミルは由那に視線を向ける。

「だけど、それでもゾルデス討伐なんて……」

「手伝ってくれるんだよな？　白薔薇の団のリーダーが約束を破るはずはないし」

「う……」

リルミルは悔しそうな顔で唇を噛んだ。

◇　◇　◇

僕たちは白薔薇の団の団員たちに会うため、リルミルの屋敷に向かった。

屋敷は大通りの端にあった。四階建ての大きな屋敷で、扉の前には白い薔薇の旗が風になびいている。

屋敷の一階にある大部屋には二十人以上の冒険者が集まっていた。年齢は十代から二十代が多く、全員が女だった。

リルミルは一番奥のイスに座ると、冒険者ギルドでの出来事を団員に説明した。

「というわけで、白薔薇の団は魔王ゾルデスの討伐を手伝うことになったの。よろしくね」

「リルミル様っ！」

丸いメガネをかけた三十代と思われる女が眉を吊り上げた。

「何をやってるんですか？　そんな約束を一人で決めるなんて！」

「だって、プリムが負けるなんて思わなかったのよ！　ロッテ」

リルミルが頬を膨らませて、メガネをかけた女――ロッテに反論する。

「それにこいつだって、アコロンの弟子ってことを私に隠してたし」

「いや、弟子じゃないよ」

僕は首を左右に振る。

「アコロンは困ってた僕を助けてくれただけなんだ」

「でも、創造魔法を使えてるじゃない！」

リルミルが僕をにらんだ。

「それに高位呪文も使えるんでしょ？」

「まあ、高位呪文は……使えるかな」

周囲にいた女たちが顔を見合わせる。

「あの子がプリムに的当てで勝ったの？」

「みたいね。創造魔法で作ったマジックアイテムで」

「ありえないよ。近接戦闘ならともかく、的当てで神弓のプリムに勝つなんて」

「でも、事実なんでしょ。プリムが悔しそうな顔してるし」

「そんなことより、ゾルデス討伐のほうが問題よ。魔王のいるダンジョンまで遠征するの？」

「いやいや。それ以前に、ゾルデスを倒すなんて無理だって！」

「クロ様」

ロッテが僕の隣に座っていたクロに歩み寄る。

「申し訳ありませんが、今はゾルデス討伐の手伝いをすることはできません」

「今は……か？」

「はい。白薔薇の団の主力はアモス砦で魔族と交戦中ですから」

「魔族だと？」

クロの金色の瞳が縦長になる。

「魔族がアモス砦を攻めているのか？」

「ええ。しかも指揮を執ってるのは七魔将のシャグールです」

「七魔将っ！」

リルミルがイスから立ち上がった。

「そんな情報、聞いてないわよ！」

「さっき、遠話の呪文で団員から連絡が入ったんです」

ロッテが淡々とした口調で言った。

「その情報が正しければ、こちらの戦力が圧倒的に足りません。アクア国も増援部隊を動かすでしょうが、王都からなら時間がかかります」

「どうして、そんな大事な情報を早く言わないのよ！」

「リルミル様が、先に話すことがあると言ったからです」

ロッテは冷たい視線をリルミルに向ける。

「そういうわけで、クロ様。ゾルデス討伐の話は後日ということで」

「それは構わんが、どう動くつもりだ？　七魔将はそこらへんの魔族とは格が違うぞ」

「アモス砦にはSランクの魔法戦士フロエラがいますが、相手が七魔将では厳しいでしょう。すぐに新たな部隊を編成して、アモス砦に向かいます」

その言葉に白薔薇の団の団員たちの表情が硬くなる。

クロが僕の耳に口を寄せた。

「優樹……考えがあるんだが」

「白薔薇の団を助けるんだね？」

僕はクロの耳元で唇を動かす。

「そうだ。リルミルは単純だが、副リーダーのロッテは冷静で計算高い。ここで恩を売っておけば、俺たちに協力してくれるだろう。それに七魔将のシャグールを倒せば、ゾルデスの戦力を削ることになる」

「……なら、助けよう」

数秒悩んで、僕は決断した。

「七魔将を倒せなければ、魔王なんて倒せるはずがないし」

「お前もたくましくなったな」

クロはにやりと笑って、僕の背中を肉球で叩いた。

「おいっ、リルミル！　俺たちも増援部隊に入れろ！」

「えっ？　手伝ってくれるんですか？」

リルミルが栗色の瞳を輝かせた。

「報酬はもらうぞ。文句はないな？」

「もちろんですわ」

リルミルはクロに駆け寄り、黒い毛の生えた手に触れる。

「やっぱり、クロ様は私のことが好きなんですね。愛してるんですねっ！」

「さりげなく肉球に触るな！」

クロはリルミルの手を振りほどいた。

「お前のためじゃない。魔王討伐を手伝ってもらう白薔薇の団の戦力を減らしたくないからな」

「本当にいいのですか？」

ロッテがクロに聞いた。

「七魔将が相手なら、他にも魔族がいるはずです。アモス砦は死地となるかもしれません」

「死を恐れてばかりでは冒険者はやれん。時には宝を手に入れるため、ドラゴンの巣穴にも踏み込まないとな」

「……わかりました。クロ様、優樹様、由那様。どうか、力をお貸しください」

ロッテは僕たちに向かって、深く頭を下げた。

次の日、僕たちは白薔薇の団の団員五十人と北西にあるアモス砦に向かった。

指揮を執るのはウサ耳のSランク、プリムで、サポートに四人のBランクがついた。残りはCランクとDランクで、男は僕とクロを含めて、四人だけだった。

白薔薇の団は女メインの団みたいだから、こんな比率になるのはしょうがないけど、いっしょに移動していると、気後（きおく）れしてしまう。

若い子が多いので、女子校に紛（まぎ）れ込んだ男子生徒みたいな感じだ。

五日後――。

僕たちは高台から、数キロ先にあるアモス砦を見下ろしていた。アモス砦は石造りの砦で、森の中にあった。周囲の木々が焼けていて、白い煙が漂っている。

隣にいたプリムがウサギの耳をぴくぴくと動かした。

「……モンスターに囲まれてるね」

「わかるの？」

僕の質問に、プリムは自身の紫色の瞳を指さす。

「まあね。弓使いだから、目はいいのよ」

「で、どうする？」

クロがプリムに聞いた。

「東門から砦に入る。ケガ人も多いみたいだし、早く回復薬を届けないと」

「ならば、俺たちが先頭で……」

「いや。ここは私たちがやるから」

プリムは首を左右に振って、僕を見る。

「冒険者ギルドでは優樹に恥をかかされたからね。しっぽまで触られたし」

「君が無理やり触らせたんじゃないか」

僕はプリムに突っ込みを入れた。

「とにかく、あなたたちは何もしなくていいから。本気になった私の力を見せてあげる」

そう言って、プリムは上唇を舐めた。

◇◇◇

プリムたち、白薔薇の団の団員は十人の剣士を先頭にして、森の中を走り出した。

潜んでいたオークやゴブリンを倒しながら、一気にアモス砦に近づく。遠話の呪文で砦内と連絡を取っていたのか、分厚い木の門が開き、僕たちは犠牲を出すことなく、中に入ることができた。

さすが、実力ある白薔薇の団だな。連携がしっかりしてるし、個人の技量もすごい。

しかも全員がリルミルが作ったマジックアイテムの武器や防具を装備している。前に黒鷹の団と仕事をしたけど、差は歴然だな。

「プリムっ！」

二十代くらいの銀髪の女がプリムに駆け寄った。背は百七十センチぐらいで、白い金属製の鎧を装備していた。

どうやら、この人がSランクの魔法戦士フロエラみたいだな。ベルトに金色のプレートがはめ込んであるし。

「よく来てくれた。回復薬は持ってきてるな？」

「もちろん。ケガ人はどこ？」

「地下の広間だ。兵士もだいぶやられてる」

「わかった。ベルタ、ビーチェ、コレット」

リュックを背負った三人の女が石造りの建物に向かって走り出す。

「で、戦況は？」

プリムの質問にフロエラの唇が歪んだ。

「よくない。シャグールの策に見事にはめられた」

「本当に七魔将がいるのね」

「ほとんど姿を見せないがな。どうも、奴は……んっ？」

フロエラの視線がクロに向いた。

「クロじゃないか？　どうして、あなたが？」

「白薔薇の団に恩を売るついでに七魔将を倒そうと思ってな」

クロは白い爪で耳をかく。

「そうか。神速の暗黒戦士がいれば心強い。どうか、私たちに力を貸してくれ」

フロエラは唇を強く噛み締め、深く頭を下げた。

◇　◇　◇

砦の一階にある一室で、フロエラが状況を説明してくれた。

初めの頃は数百体のモンスターの襲撃をアモス砦の兵士と協力して、何度も撃退していたらしい。

六日目、モンスターの群れの潜伏場所を見つけたフロエラたちは、一気に勝負をつけようと奇襲を仕掛けた。

しかし、それが七魔将シャグールの罠だった。砦を出たフロエラたちに隠れていた四千体のモンスターが襲い掛かったのだ。なんとか砦まで退却することができたが、多くの死者とケガ人を出したようだ。

フロエラは肩を小刻みに震わせる。

「まさか、七魔将がこんな小さな砦を狙ってくるとは」

「目的はわからないの？」とプリムが質問する。

「わからん。ヨタトの町や王都を狙う拠点にするには場所が良くないし、戦力も少ない」

「もしかして陽動かな。他の七魔将が別の場所を狙うとか」

「そう……だな。その可能性はあるか」

フロエラは口元に親指を寄せて考え込む。

「……とにかく、王都から増援部隊が到着するまで、この戦力で砦を守るしかない」

なかなか厳しい戦況だな。戦える兵士は五百人ちょっとだし、白薔薇の団の団員が百五十人ぐらいか。それに対して、モンスターの数は四千体で七魔将までいるんじゃ、勝つのは難しそうだ。

その時――。

扉が開いて、若い兵士が部屋に入ってきた。

「西門の前にモンスターが集まっています。数は約千体！」

「ミルクを飲む時間もなさそうだな」

隣に座っていたクロが、ふっと息を吐いた。

◇　◇　◇

砦の見張り台に上ると、西の門の手前に多くのモンスターが集まっていた。

緑色の肌をしたゴブリン。革製の鎧を装備したオーク。背丈が三メートルを超えたオーガもいる。

視線を動かすと、黒いローブに身を包んだ痩せた男が目に入った。男の肌は枯れ木のような色をしていて、長い髪は銀色だった。額には二本の黒い角が生えており、いびつな形をした杖を手にしている。

魔族か。もしかして、あの男が……。

「シャグールだ」

隣にいたクロが低い声を出した。

「奴は闇属性の魔法を使う。戦う時は気をつけろよ」

「闇属性か……」

ある程度の魔法の知識はアコロンの本で学んでいる。でも、魔族の魔法は強力で変則的なものが多い。クロの言う通り、気をつけないと。

その時、西門が開いて、兵士たちが外に飛び出した。

「シャグールを倒せ！　奴を倒せば、この戦いは終わるぞ！」

「うおおおおおっ！」

兵士たちは雄叫びをあげて、シャグールに向かって突っ込んでいく。

その動きにモンスターたちが反応した。シャグールを守るようにオークたちが壁を作り、ゴブリンたちが兵士たちに攻撃を仕掛ける。

「無茶な手を使うな」

クロが牙を鳴らした。

「シャグールを倒せばモンスターどもは撤退するだろう。だが、上手くいかなかったら、砦を守る戦力がなくなる」

「優樹っ！」

下からプリムの声が聞こえた。

「東門からモンスターが侵入した。あなたたちはそっちをお願い！」

「わかった！」

僕と由那とクロは見張り台を下りて、東門に向かう。

石段を駆け下りると、石壁の前に十数体のゴブリンがいた。周囲には血に染まった兵士たちの死体が転がっている。その側の地面に小さな穴が開いているのを見て、僕は状況を理解した。

穴を掘って、砦の中に侵入してきたのか。

「一気に倒すぞ！」

クロが前傾姿勢で走り出す。

僕も魔銃零式を手に取り、クロの後に続く。

「ギャ……ギャギャ」

短剣を持って迫ってくるゴブリンに向かって、僕は魔銃零式の引き金を引いた。銃声が響き、ゴブリンの額に小さな穴が開く。

クロと由那も苦戦することなくゴブリンを倒している。

よし！　これなら……。

僕は壁際の穴に駆け寄る。

魔力キノコ、赤炎石、『熱砂（ねっさ）』を組み合わせて……。

火属性の呪文『マジックバーナー』の完成だ。

手のひらがオレンジ色に輝き、穴に向かって炎が噴き出した。周囲の空気が熱くなり、穴の中から悲鳴のような鳴き声が聞こえてくる。

これでこれ以上敵の数は増えない。

視線を動かすと、外にいたゴブリンは全てクロと由那に倒されていた。

ここは大丈夫みたいだな。

「クロっ、由那！　こっちの守りは二人にまかせるから。僕は西門に戻る」

そう言って、僕は走り出した。

◇　◇　◇

西門から外に出ると、既に戦況は不利になっていた。シャグールの姿は見えず、数で勝るモンスターたちが分散した兵士たちを取り囲んでいる。

「砦に戻れっ！」

フロエラが叫んだ。

「このままでは全滅するぞ！　下がれ、下がれ！」

兵士たちは必死の形相で砦に戻ろうとする。

白薔薇の団の団員たちは横陣を敷いて、兵士たちの退却を支援する。

「ゴアアアアッ！」

背丈が三メートルを超えたオーガが西門に近づいてきた。

プリムがそれに気づき、魔法の矢を連続で放つ。しかし、オーガは止まらない。

僕はプリムの前に出て、魔銃零式をオーガに向ける。ダールの指輪に収納していたエクスプローダー弾を装填して引き金を引いた。

銃声が響き、オーガの胸元に二十センチ以上の大きな穴が開いた。

「ゴッ……」

オーガは口を開けたまま、仰向けに倒れる。

「うっ、ウソでしょ」

プリムが掠れた声を出した。

「オーガを一射で仕留めるなんて……」

「そんなことより、右側のモンスターを！　僕が左側を受け持つから」

「わっ、わかった」

プリムは僕に背を向けて走り出す。

数十分後、僕たちは砦に戻り、守りを固めた。
しかし、モンスターは攻めてこなかった。砦を包囲するだけで、石壁や門まで近づくモンスター

はいない。

膠着状態が二時間以上続いた。

どうも、変だな。圧倒的にモンスター側が有利なはずなのに攻めてくる気配がない。

見張り台の上で視線を動かすと、オークたちが兵士の死体を集めていた。

「なるほど……な」

クロが腕を組んだまま、口を開いた。

「シャグールの目的は砦の制圧ではなく、人の死体のようだ」

「死体なんて、どうするの？」

「何らかの儀式に使うつもりだろう。相当大がかりな儀式に」

「でも、それなら、さっさと砦を攻めて僕たちを全滅させればいいんじゃ？」

「まだ、死体の数が足りないからだ」

「……そうか。増援部隊が来るのを待ってるんだね」

この砦に兵士が生き残っていれば、救援のために増援部隊がやってくる。それを狙ってるのか。

「シャグールの目的はわかった。砦の隊長に会いに行くぞ」

僕とクロは見張り台を下りて、隊長のいる三階の部屋に向かった。

砦の隊長は四十代の男——ドルズだった。茶色の髪は短く、革製の鎧を装備している。

「死体が目的だと？」

ドルズ隊長はイスから立ち上がって、クロに歩み寄った。

「俺たちは既に何百人も殺されてるんだぞ。それなのに、まだ死体が欲しいっていうのか？」

「シャグールの戦い方から考えればな」

クロは机の上に置かれた地図に視線を落とす。

「もともと、お前たちが生き残っていることがありえないんだ。モンスターの数は四千体なんだからな。しかも指揮しているのは七魔将のシャグールだ。本気になれば、二日もかからずにこの砦は落ちていただろう」

「ならば、奴らが本気になるのは次の増援部隊が到着した時か？」

「多分な。その時、シャグールは全力で攻めてくる。モンスターの数も、もっと多いと思っていたほうがいい」

「まだ、戦力を隠してるってことか……」

ドルズ隊長の額から汗が流れ落ちた。

「まずは遠話の呪文で増援部隊の隊長に状況を説明しておくんだな。無策で砦に入ってくると、シャグールの思うつぼだ」

「わかった。すぐに伝えよう」

ドルズ隊長は近くにいた兵士に指示をする。

「それで、クロ殿。貴殿には、この苦境を打破する策はないのか？」

「……シャグールを倒すしかないだろうな」

「その手は失敗したばかりだぞ」

「あれは無茶だった。真っ正面から攻めても、護衛のモンスターがシャグールを守るからな」

クロは白い爪で耳をかく。

「奴を倒すなら、少数精鋭の部隊で奇襲をかけるしかない」

「……貴殿にそれができるのか？」

「絶対にできる……とは言えんな。だが、俺たちのパーティーなら可能性はある」

クロが僕と由那をちらりと見る。

「こいつらはEランクだが、Sランクに匹敵する実力がある。上手く接近できれば、倒せるだろう」

「接近できれば……か」

「シャグールが油断してる時にな」

クロは地図の上で爪を動かした。

「この辺りの地形と今の状況からすると、シャグールがいるのは西側だろう。奇襲をかけるなら、後方にいる時が理想だ」

「ならば、私たちがモンスターの注意を引こう」

部屋の隅にいたフロエラが口を開いた。

「白薔薇の団で東側のモンスターを攻める。その間に、お前たちは砦を出て、シャグールを倒してくれ！」

フロエラは僕たちに向かって深く頭を下げた。

「私の力では奴を倒すことはできなかった。もはや、お前たちを信じるしかない。頼む！」

この人はいい人だな。SランクなのにEランクの僕たちに対しても丁寧に接してくれる。尊敬できる人物だ。

一瞬、クラスメイトたちの顔が脳内に浮かび上がった。

みんなにフロエラみたいな礼儀正しさがあったら、僕は全力で彼らを助けていただろう。学校を快適な場所にして、美味しいものを食べさせて……。

◇◇◇

「行くぞ！　白薔薇の団の力を見せてやれ！」

そう叫ぶと、フロエラは東門の扉を開けた。

同時に白薔薇の団の団員、百名が緩やかな斜面を駆け下り、包囲していたモンスターたちに攻撃を仕掛けた。

「よし！　俺たちも行くぞ」

クロが僕と由那に声をかける。

僕たちも東門を出て、北東に向かって走り出した。数体のゴブリンとオークが立ち塞がるが、先頭の由那が巨大化した斧で薙ぎ払う。その一撃で、モンスターの体が切断され、赤黒い血が地面を染めた。

僕も周囲のモンスターを魔銃零式で倒しながら、由那とクロをサポートした。

茂みの中に駆け込むと、白薔薇の団の団員たちが戦っている姿が見えた。

上手くいったみたいだな。モンスターの注意は白薔薇の団に向いていて、茂みに隠れた僕たちに気づいている者はいない。

「今のうちに砦から離れるぞ」

クロが腰を低くして歩き出す。

僕は先頭で戦っているフロエラに頭を下げて、クロと由那の後を追った。

◇　◇　◇

僕と由那とクロは砦の北側から、西に回り込んだ。

薄暗い森の中を数時間進むと、広い草原に出た。濃い緑色の野草が風になびいていて、ところどころに大きな岩があった。

クロがひくひくと鼻を動かす。

「近くにモンスターがいるぞ。数も多い」

「どっち？」と僕が聞くと、クロは西の方向を指さす。

「右に移動するぞ。そっちのほうが遠くまで見える」

　僕たちは緩やかな斜面を登る。

　やがて、巨大な魔法陣が僕の視界に入った。それは直径五十メートル以上あり、赤黒い血で描かれていた。魔法陣の中央には高さ十メートルの球体があった。球体は肉色で、表面に血管のようなものが浮き出ている。

　ドクン……ドクン……ドクン……。

　球体が鼓動するかのように動いていた。

「あの球体……まさか……」

「ああ。人の死体で作ったものだ」

　僕のつぶやきにクロが答えた。

「これがシャグールの目的か。人の死体を利用して、災害クラスのモンスターを生み出すつもりだ」

「災害クラスって?」

「一体で町や村を滅ぼせる化け物ってことだ」

　クロが短く舌打ちをした。

「まだ、儀式は未完成のようだが、化け物が生まれたら、アモス砦どころかヨタトの町も危ない」

「なら、儀式を止めないと」

「だが、魔法陣の周りにはモンスターが千体以上いる。仕切ってるシャグールを倒すのが理想的だが、奴の居場所がわからない」

クロは金色の瞳を左右に動かす。

「ここは配下の魔族にまかせて、別の場所にいる可能性が高いな」

クロが示した先に青白い肌をした魔族がいた。頭部に毛はなく、額からシカのような角が二本生えている。

「こうなると、三人ではきつい。増援部隊にこの場所を伝えて攻めさせるか」

「……いや。この状況なら、なんとかなると思う」

「なんとかなる？」

「うん。あの球体を壊せばいいんだろ」

「だが、あれは由那の斧でも無理だぞ。一万回ぐらい斬りつければなんとかなるかもしれんが」

「上手くいけば、一発でなんとかできるよ」

僕は脈打つ球体を見つめる。

まずは魔石でレシピを作る。使う素材は魔力キノコ、熱砂、赤炎石。そして、レア素材の地龍のウロコ、『星水晶（ほしすいしょう）』、『白光蟲（はっこうむし）の体液』……。

これで光属性と火属性を組み合わせた強力な呪文――『スーパーノヴァ』が使える。

「由那、クロ。体を低くしてて」

僕は右手を数百メートル離れた球体に向ける。手のひらから白く輝く光球が具現化された。

数体のモンスターが強い光に気づいた。

だけど、もう遅い。

意識を集中させ、僕は光球を放った。光球は肉色の球体の表面を突き破り、そして……。

周囲の空気を震わせるような爆発音とともに球体が破裂した。爆発は近くにいたモンスターの体も吹き飛ばす。

高価なレア素材をいくつも使っただけはあるな。とんでもない威力だ。爆発に巻き込まれた百体以上のモンスターも倒せたか。

「何だ？　この呪文は？」

クロが口をぱくぱくと動かす。

「元の世界にある強力な爆弾を呪文に応用してみたんだ。衝撃波と熱で広範囲の敵を殲滅することができるよ」

「……こんな呪文まで使えるとは」

クロは驚きの表情を浮かべて、僕を見上げる。

その時――。

空気の抜けたボールのようになった球体が動いた。

「ゴ……ゴグゥ……」

不気味な鳴き声が聞こえ、しぼんだ球体の中から頭部が半分失われたドラゴンが姿を現した。ドラゴンの体はどろどろに溶けていて、白い骨が見えていた。

球体の中でドラゴンを作っていたってことか。

「ゴゥウウウ」

ドラゴンは長い首を動かして、骨だけの翼を広げる。

「あれは……ダークドラゴンだな」

クロが言った。

「あの状態でまだ動けるとは……。とんでもない化け物だ」

「……そうだね」

僕は唇を強く噛む。

スーパーノヴァに耐えられるなんて、前に戦ったドラゴンより、相当強い。

だけど、ダメージは大きいはず。動きも緩慢(かんまん)だし、全身から血が流れ出している。ここは一気に倒すぞ！

ダークドラゴンの金色の目が僕の姿をとらえた。

「ゴアアアアアッ！」

ダークドラゴンはドロドロと溶ける体を動かして、僕に近づいてくる。

他のモンスターたちも僕たちに気づいたようだ。

「冒険者がいるぞ！　奴らを殺せ！」

青白い肌をした魔族が叫んだ。

ゴブリンとオークが緩やかな斜面を駆け上がってくる。

それなら魔力キノコといくつかのレア素材を組み合わせて……。

ダークドラゴンとモンスターの頭上から、光属性の呪文——『ホーリーメテオ』が雨のように降り注ぐ。黄白色の光がダークドラゴンとモンスターの体を焼いた。魔法耐性の弱いゴブリンが次々と倒れ、オークも頭を抱えて足を止めた。

しかし、ダークドラゴンは動き続けた。巨体を揺らしながら、僕に近づいてくる。

その時、由那の持つ斧が巨大化した。由那はその斧を渾身の力を込めて投げた。斧はぐるぐると縦に回転しながら、ダークドラゴンの額に突き刺さった。

「ゴッ……ガ……」

ダークドラゴンの動きが止まった。

数秒後、大きく口を開けたまま、ダークドラゴンの体が横倒しになった。

僕は溜めていた息を吐き出す。

これでなんとかなったか。生き残ってるモンスターはほとんどいない。ホーリーメテオの広範囲攻撃で魔族も倒せたみたいだし。

僕は倒れている魔族に視線を向ける。

光属性の攻撃呪文は魔族に効きやすいとはいえ、あっけなく倒せたな。あまり強くない魔族だったのかもしれない。

レア素材をいっぱい使ってしまったけど、仕方がない。ダークドラゴンが完全な状態だったら、もっと危険だったはず。儀式が中途半端でよかった。

「たいしたものだな」

クロが金色の瞳で僕を見上げる。

「たった二発の呪文でダークドラゴンと千体以上のモンスターを倒すか。創造魔法の創始者アコロンの呪文より強力ではないか」

「僕には元の世界の知識があるからね」

周囲を警戒しながら、僕は言う。

僕が知ってるレベルの科学や兵器の知識でも、創造魔法に応用すれば、とんでもない威力になる。スペシャルレア素材を手に入れれば、もっと強力な魔法を使えるようになるだろう。国を滅ぼすレベルの魔法も創造できるはずだ。

「さて、これでシャグールがどう出るかだな」

クロが尖った爪で頭部の耳をかく。

「儀式が失敗したことで引いてくれればいいが、怒りにまかせてアモス砦を襲う可能性もあるな」

「それはまずいね。モンスターも、まだ三千体以上残ってるだろうし」

「ああ。それで確認だが、さっきの呪文は、まだ使えるのか？」

「いや。もう素材がなくて、どっちも使えないよ」

僕はダールの指輪の中に収納された素材を確認する。

戦闘系に使えるレア素材をいっぱい使ってしまったからな。レシピを知っていても素材がなければ、呪文は使えないし武器も作れない。

「ならば、一度、アモス砦に戻るぞ。状況が変わったことをドルズ隊長とフロエラに伝えねばな」

「じゃあ、転移の呪文を使うよ。アモス砦の中に時空鉱で印をつけておいたから。二人とも僕につかまって」

僕たちは転移の呪文でアモス砦に戻った。

◇◇◇

砦の一室で、僕たちは、ドルズ隊長、フロエラ、プリムに状況を説明した。

「つまり、俺たちの死体を利用する儀式はできなくなったのだな?」

ドルズ隊長が興奮した様子でクロの両肩を掴んだ。

「ああ。すぐにやり直せるような儀式ではないからな。だが、シャグールが砦を襲ってくる可能性はある。儀式を邪魔された仕返しにな」

「ならば、どうすればいい?」

「撤退だ」とクロは即答した。

「奴らの目的は、俺たちの死体を利用して災害クラスのモンスターを生み出すことだった。つまり、アモス砦に興味などない。俺たちがいなくなれば、この地から去るだろう」

「アモス砦を捨てろと言うのか?」

「一時的にな。奴らが去った後に取り戻せばいい」

「だが……」

ドルズ隊長は太い眉を寄せる。

隊長としてアモス砦を撤退することにためらいがあるんだろう。

「ドルズ隊長」

フロエラが口を開いた。

「私もクロの考えに賛成です。砦よりも仲間の命のほうが大切でしょう」

「……少し時間をくれ。副隊長たちの意見も聞かねば」

ドルズ隊長はイスから立ち上がり、部屋を出て行った。

「選択肢は一つしかないだろうに」

フロエラはため息をついて頭をかいた。

「砦を守る責任者としての立場はわかるが、早く決断しないと撤退が難しくなるぞ」

「とにかく、私たちだけでも準備しておきましょ」

プリムがフロエラの肩を叩く。

「Sランクのあなたが死んだら、白薔薇の団の戦力はがた落ちだし」

「それはお前も同じだろ」

フロエラはプリムのウサギの耳に触れる。

「ヨタトの町に戻ったら、二人で一杯やろう。魚の美味い店でな」

「相変わらず、魚好きね。私は肉のほうが好みだけど」

二人は顔を見合わせて笑った。

◇　◇　◇

三時間後、僕と由那は砦の見張り台で周囲の森を監視していた。

既に太陽は沈み、二つの月が夜空に浮かんでいる。

「優樹くん」

由那が僕の上着に触れた。

「まだ、どうするか決まらないのかな？」

「揉めてるんだろうね」

僕は視線を由那に向ける。

「シャグールが攻めてこない可能性もあるから」

「優樹くんは、どう思ってるの？」

「わからないな。でも、攻めてくると思ってたほうがいいよ」

「そう……だよね」

「……怖い？」

「ううん。優樹くんがいるから平気だよ」

由那は僕の腕に体を寄せる。

「それに私、すごく強いから」

「ははっ。そうだったね」

ふっと僕の頬が緩んだ。

「ダークドラゴンも由那がとどめを刺してくれたし」

「でも、優樹くんのほうがすごいよ。すごい魔法をいっぱい使えるし、美味しい食べ物だって出してくれる。私にとって、優樹くんはスーパーヒーローだよ」

メガネの奥の由那の瞳が揺れた。

「優樹くんがいなかったら、私、魔族の奴隷になってたし」

「運がよかったんだよ。創造魔法を覚えてなかったら、君を見つけることさえできなかったからね」

「でも、見つけてくれた」

由那は柔らかな胸を僕の腕に押しつけた。

「ゆっ、由那？」

「大丈夫だよ。意識はしっかりしてるから」

「でも、胸が……」

「これぐらいいいでしょ。それとも……イヤかな？」

「……イヤじゃないけど」

速くなった自分の心臓の音が耳に届いてくる。

やっぱり、由那は魅力的だ。サキュバスの血が混じっているからじゃない。元の世界にいた時から、彼女は輝いていた。ぱっちりとした目に桜色の唇。左目の下にはほくろがあって、肌はきめ細かい。声は鈴の音を聞いているかのように心地よくて、彼女が近くにいるだけで周囲の空気が暖かくなったような気がした。

そんな由那だから、僕は諦めていた。勉強もスポーツも外見も普通の僕に手が届く存在じゃないと、恋愛対象から外していたんだ。

由那が僕の隣にいて、好意的な目で僕を見つめている。口の中がからからに乾いて、顔が熱くなった。

「あ、あのさ。僕も男だから、こんなことされると……」

「されると？」

由那が半開きにした唇を僕に近づける。その唇の中でピンク色の舌が動いているのが見えた。

思わず、僕はその唇に自分の唇を寄せて……。

その時――。

夜空に半透明の壁が現れた。それは縦五メートル横十メートルぐらいの大きさで、わずかに傾いている。まるで、砦にいる僕たちを見下ろしているかのように。

「由那っ！　砦の中に入るんだ。何かの攻撃呪文かもしれな……」

突然、半透明の壁に銀髪の痩せた男の姿が映し出された。額には二本の角が生えていて、肌は枯れ木のような色をしている。

あれはシャグールだ。

半透明の壁に映し出されたシャグールの口が開いた。

「砦にいる者たちよ」

暗く低い声が砦まで聞こえてくる。

「よくも儀式を邪魔してくれたな。もはや、お前たちに用はないが、我が怒りを静めるために死んでもらおう。一人残らずな」

シャグールは金色の目を針のように細くして、右手を動かした。その動きに合わせて、森の中からモンスターたちが現れる。

ゴブリン、オーク、オーガにスケルトン。カマキリに似た巨大な蟲——マンティスもいた。

最悪の状況だ。早く決断して逃げ出していれば、こんなことにはならなかったのに。

僕は奥歯を強く噛む。

一度に四人ぐらいなら、転移の呪文でヨタトの町に逃げられる。だけど、砦の中には五百人以上の兵士と冒険者がいるんだ。転移の呪文を使う時にも時空鉱は必要だから、数が全然足りない。

こうなったら、シャグールを見つけて倒すしかない!

僕は見張り台から身を乗り出して、視線を左右に動かした。

どこだ？　どこにいる?

僕は巨大な月に照らされた森を見回す。既に多くのモンスターが砦に近づいてきていた。

巨大な丸太を抱えたオーガが西門の扉を壊し始める。

まずいな。あれじゃあ、すぐに扉が破られるぞ。マンティスは石壁を登ろうとしてるし。

「優樹っ！」

見張り台の下から、クロが叫んだ。

「南門の近くにシャグールを見つけたぞ。俺たちで――」

「倒すんだね。行こう、由那」

僕と由那は見張り台を下りて、南門に向かった。

南門は扉の片側が破壊されていて、そこからゴブリンが侵入していた。

白薔薇の団の団員たちがゴブリンと戦っている。ウサ耳のプリムが魔法の矢で次々とゴブリンの額を射貫(いぬ)いた。

クロがプリムに駆け寄る。

「おいっ、プリム。十分だけでいい。全力で砦を守れ。その間に俺たちがシャグールを殺る」

「たった十分でいいの？」

プリムが紫色の目を丸くした。

「それでシャグールを殺せなければ、砦が落ちる。無理でもやるしかない！」

「わかった！　あなたたちにまかせる」

僕と由那とクロは半壊した扉から、砦の外に出た。

「クロっ！　シャグールはどこ？」

「左側だ。スケルトンの群れの真ん中にいた」

クロが迫ってくるゴブリンを倒しながら、周りの状況を確認する。

「……よし！　俺がおとりをやる。お前たち二人でシャグールを狙え」

「一人で大丈夫なの？」

「俺を誰だと思ってる？　神速の暗黒戦士クロだぞ」

クロは白い爪を伸ばしてにやりと笑う。

「雑魚相手のおとりなら、鬼ごっこをするようなものだ。何時間だって遊んでやるさ」

「わかった。頼むよ、クロ」

僕と由那は左に向かって走り出す。

モンスターは四方から砦を攻めてるはずだ。砦が落とされる前にシャグールを倒さないと。

魔力キノコ、赤炎石、白煙草を組み合わせて、煙幕の呪文を使用した。

白い煙が周囲に広がる。

これでモンスターたちも少しは混乱するはずだ。

「ギャ……ギャギャギャッ！」

六体のゴブリンが僕たちを取り囲む。僕は魔銃零式に通常弾を装填して引き金を引く。銃声が響き、四体のゴブリンが倒れる。

残った二体のゴブリンも由那の斧で胴体が真っ二つになった。

その時、横陣を敷いていたスケルトンたちが前進した。

スケルトンの部隊が動いたってことは、シャグールが指示を出したんだな。

「由那っ！　左端のスケルトンを倒して！　シャグールは僕が殺る！」

「わかった」

由那は低い姿勢でスケルトンに突っ込んだ。巨大化した斧がスケルトンたちの背骨と肋骨を砕く。

見えたっ！

シャグールの姿が僕の視界に入った。僕は魔銃零式でスケルトンの頭部を撃ちながら、奴との距離を縮める。

向こうも僕に気づいた。シャグールは青黒い唇を動かして杖を動かす。半透明の壁が奴の前に出現した。

僕は魔銃零式の引き金を連続で引く。通常弾が半透明の壁に当たり、弾け飛んだ。

防御系の呪文か。硬いな。

シャグールの口角が吊り上がり、視線が僕から由那に移動した。それは当然のことだろう。僕の武器は半透明の壁を壊せなかった。一方で由那は巨大な斧を持って、周囲のスケルトンを倒している。

シャグールが由那を警戒するのは間違ってない。

だけど、僕から視線を外したのは失敗だよ。

僕はダールの指輪に収納していた特別な弾丸――『滅呪弾（めつじゅだん）』を魔銃零式に装填する。それはレア素材の『ユニコーンの角』『黄金液（おうごんえき）』『隕石粉（いんせきこ）』『生命石（せいめいせき）』『メラム鉱石（こうせき）』を組み合わせた、一発しかない弾丸だった。

僕は斜め上に銃口を向けて、引き金を引いた。甲高い銃声が響き、黄金色の弾丸が発射された。

弾丸は半透明の壁の上で弧を描き、シャグールの肩に当たった。

その瞬間、シャグールの全身に黄金色の魔法文字がびっしりと刻み込まれた。その文字一つひとつがシャグールの細胞を壊していく。

「があ……」

シャグールは口を開けたまま、顔を僕に向ける。

「お……お前は……」

喋り終える前にシャグールの体が白くなり、粉々に砕けた。

僕は溜めていた息を一気に吐き出した。

効果は未確認だったけど、上手くいったみたいだな。闇属性の高位呪文を科学の知識で改良して、細胞を壊す効果を追加した。人間以上の耐久力がある魔族でも、この弾丸に耐えることは難しいだろう。

突然のシャグールの死に、モンスターたちは動揺した。周囲のスケルトンが動きを止め、ゴブリンたちが顔を見合わせる。

「由那っ！　こっちだ！」

僕は由那といっしょに緩やかな斜面を走り出す。魔銃零式でモンスターたちを倒しながら、おと

りをやっていたクロと合流する。

「クロ！　シャグールは倒したよ」

「みたいだな。モンスターの動きが鈍くなった」

クロは僕のおしりを肉球で叩く。

「砦に戻ってドルズ隊長に知らせるぞ。これで俺たちの勝ちだ！」

◇◇◇

数十分後、モンスターたちは潮が引くようにアモス砦から去っていった。

一階の広間で歓声が沸き起こる。

抱き合って喜んでいる兵士たちを見ながら、僕は額の汗をぬぐった。

なんとか勝てたけど、レア素材を使いすぎたな。白薔薇の団のリルミルから報酬をもらっても、間違いなく赤字になる。

でも、これでよかったんだ。由那もクロも無事だったし。

魔法戦士のフロエラが僕に近づいてきた。

「優樹。お前がシャグールを倒したそうだな」

フロエラは僕の手をしっかりと握った。

「よくやってくれた。お前のおかげで白薔薇の団は救われた」

「クロと由那がサポートしてくれたおかげです」

「ああ。そうだな。お前たちのパーティーのおかげだ」

フロエラの目のふちに涙が浮かんだ。

「悔しいけど、その通りね」

ウサ耳のプリムが言った。

「まさか、七魔将を倒しちゃうなんてね。ここまで強いとは思わなかったわ」

プリムは不満げな表情で両手を腰に当てる。

「何がEランクよ。完全にSランクの実力があるじゃない」

「いや。冒険者のランクは僕が決めたわけじゃないから」

僕の頬がぴくぴくと動く。

「ねぇねぇ」

白薔薇の団の団員らしき十代半ばの赤毛の少女が僕の腕を掴んだ。

「あなたってすごいのね。どうやって、シャグールを倒したの？」

「あ……えーと、創造魔法の武器でかな」

僕は腰に提げた魔銃零式を手に取る。

「これ、的当ての時に使った武器だよね？」

「うん。なかなか使える武器なんだ。状況に応じて、弾丸……飛ばす金属を変えられるから」

「ねぇ、優樹」

プリムが僕の肩に触れた。

「シャグールを倒すのに、何射ぐらいしたの？」

「一度だけだよ」

「へっ？　一度？」

「うん。改良した闇属性の高位呪文を小さな金属の中に込めて、相手の体に撃ち込むんだ。高位呪文は詠唱の時間が長いし、避けられる可能性も高いけど、これなら誘導効果もついてて相手に当たりやすいから。そして当たったら、ほとんどの生き物は死ぬと思うよ」

僕の説明を聞いて、プリムの顔が強張る。

「そんなとんでもない武器だったの？　国宝の『太陽神の弓』よりすごいじゃない！」

「太陽神の弓の性能を知らないから判断しにくいな。でも、魔銃零式が相当役に立つ武器なのは間違いないよ。状況によって、いろんな弾が使えるから」

「それをあなたが作ったのよね？」

「うん。創造魔法でね」

「ねぇねぇ」

赤毛の少女が僕の手を握った。

「私ね。創造魔法に興味あるの。いろいろ教えてくれないかな？」

「あっ、ずるい！」

白薔薇の団の団員たちが僕を取り囲む。

「私も優樹と仲良くなりたいのに」

「私だって、狙ってたんだから」

「狙うって……」

自分の顔が熱くなった。

「いっ、いや、僕は……」

「わかってる。キレイな黒髪の恋人がいるんだよね？　でも、奥さんは一人じゃなくていいでしょ」

「えっ？　この国って、二人の女の人と結婚できるの？」

「五人でも十人でも大丈夫だよ。それだけのお金や名声があればね」

猫の耳を生やした少女が答えた。

「もちろん、女も同じだよ。力があれば、何人もの夫を持つことができるの」

「そう……なんだ」

日本とは結婚の制度が違うんだな。それにしても十人はすごいな。奥さんがそんなにいたら、いろいろと大変そうだ。

「よかったね。優樹くん」

突然、背後から由那の声が聞こえた。由那はメガネの奥の目を細くして、僕に歩み寄る。

「女の子にモテモテだぁ」

「いっ、いや。からかってるだけだよ」

「そうかな？　みんな本気で優樹くんとつき合いたいみたいだけど？」

由那は僕の周りにいる少女たちを見回す。

「ハーフエルフの女の子に猫耳の女の子かぁ。みんな可愛いね」

「あ……う、うん」

「へーっ。優樹くんも、そう思ってるんだ？」

「……」

「おいっ、優樹！」

二階に上がる階段の前で、クロが僕を手招きした。

「ドルズ隊長がお前に礼を言いたいそうだ。三階の部屋に来てくれ」

「わかった！　すぐに行くよ」

助かった。ありがとう、クロ。

僕は心の中でクロに感謝しながら、階段に向かって走り出した。

◇　◇　◇

六日後、僕たちは白薔薇の団といっしょにヨタトの町に戻った。

大通りの端にある屋敷に入ると、リーダーのリルミルがクロに抱きついてきた。

「クロ様！　おかえりなさい」

リルミルは笑顔でクロの肉球に触る。

「クロ様の活躍は遠話の呪文で聞きましたわ。さすがクロ様です」

「だから、肉球に触るな！」

クロはリルミルの手を振りほどく。

「で……」

「わかってます」

副リーダーのロッテが口を開く。

「魔王ゾルデス討伐の件……正式に白薔薇の団が手伝います」

「……ほぅ。それは有り難いが、いいのか？」

「今回、大きな借りができましたから」

ロッテは人差し指でメガネのブリッジに触れる。

「それに魔王を倒すことができれば、白薔薇の団の名声をさらに高めることができます。アクア国からの莫大な恩賞も期待できるでしょう」

「安全主義のお前から、そんな言葉が聞けるとはな」

「あなたたちが七魔将を倒したからですよ」

ロッテの視線が僕に向く。

「神速の暗黒戦士クロに、巨大な斧を振り回す少女。そして錬金術を超えた創造魔法の使い手の少年。あなたたちと組めば、敵が強大な魔王でも勝機はあると見ました」

「そういうこと」

ウサ耳のプリムが僕の肩に触れた。

「ゾルデスを討伐すれば、一生遊んで暮らせるだけのお金をもらえるしね。それに、あなたとは深い仲になっちゃったし」

「深い仲？」

僕は首をかしげる。

「私のしっぽを触ったでしょ。いやらしい手つきで」

「いやいや。何度も言ってるけど、君が無理やり触らせたんだろ。しかも、いやらしい気持ちなんてなかったから」

周囲の視線を感じて、僕の背中に汗が滲む。

「とにかくだ」

魔法戦士のフロエラが口を開いた。

「私たちは優樹たちに救われた。その恩は返さねばならない。これはアモス砦で戦った団員の総意でもある」

「ですが、優樹様」

ロッテが薄い唇を動かした。

「魔王討伐には国の支援が欠かせません。ゾルデスを倒せる実力があることを国に証明しなければ」

「そこで、いいアイデアがあるの」とリルミルが言った。

「とりあえず、こっちの部屋に来て。そこで説明するから」

僕たちは屋敷の一階にある大きな部屋に通された。テーブルの上では白い陶器に入った紅茶が湯気を立てている。

「お茶を飲みながら聞いてね」

リルミルがみんなを見回す。

「みんなはラポリス迷宮を知ってるよね？」

「リルミル様っ！」

ロッテが驚いた顔でイスから立ち上がった。

「ジュエルドラゴンを倒すつもりですか？」

「その通りよ」とリルミルが答える。

「ラポリス迷宮の主、ジュエルドラゴンを倒せば、名声はアクア国中に広がるわ。いや、他の国にもね」

「三千人以上の冒険者を殺した災害クラスのモンスターですよ」

「だからこそ、倒すのよ。私たちの力を証明するために」

リルミルは紅茶を一口飲む。

「ですが、よりにもよってジュエルドラゴンを標的にするなんて」

「理想的なの。ジュエルドラゴンの体はレア素材の塊だし、ラポリス迷宮の最深部にはダール文明のマジックアイテムやスペシャルレア素材が隠されてるってウワサもある」

「なるほどな」

クロがつぶやく。

「名声だけではなく、素材やアイテムも目的か」

「ええ。スペシャルレア素材を手に入れれば、より強力なアイテムを作ることができますから」

スペシャルレア素材か……。

僕は腕を組んで考え込む。

スペシャルレア素材が手に入れば、今以上にやれることが多くなる。由那のモンスター化を治せる幻魔の化石が手に入る可能性もあるか。

なら、やるしかないな。ジュエルドラゴンを倒して、名声とスペシャルレア素材の両方を手に入れるんだ！


「じゃあ、出発は十日後でいいわね」

リルミルがイスから立ち上がった。

「それまでにラポリス迷宮攻略の準備をしておくから」

「よろしくお願いします」

僕はリルミルに向かって、深く頭を下げた。

こっちもいろいろと準備しないとな。報酬を多めにもらえたし、このお金で戦闘に使える素材を買っておかないと。

「ねぇ、優樹」

プリムが僕に声をかけた。

「あなたたちの手伝いをするんだから、お礼があってもいいよね」

「えっ？　お礼って？」

「あなたがクロに渡してるお菓子をちょうだい」

プリムはピンク色の舌で唇を舐める。

「前から気になってたんだよね。王宮御用達のお菓子よりも美味しいみたいだし」

「プリムも甘い物が好きなの？」

「ほとんどの女は甘い物が好きなの。もちろん、私もね」

「私も興味あるかな」とリルミルが言った。

「クロ様をとりこにした異界のお菓子の味に」

「あぁ……」

「いいでしょ。この部屋にいる団員は幹部だし、恩を売っておくのもいいと思うよ」

「……そうですね」

僕は部屋の中にいる十数人の団員たちを見回す。全員が瞳を輝かせて僕を見ている。

たしかに白薔薇の団の団員とは仲良くしておいたほうがいいな。

「それじゃあ、今日は少し蒸し暑いから……」

僕はダールの指輪に収納している素材――滋養樹の葉と記憶石を使って、原宿の甘味処『甘露堂』のフルーツパフェを具現化した。

縦長のガラスの容器に入ったバニラアイスとスポンジケーキ。底にはコーンフレークとカスタードクリーム。上部にはサイコロ状に切ったイチゴ、キウイ、マンゴー、白桃、パイナップルが盛られている。

部屋の中にいた団員たちの目が丸くなった。

「な……何これ？」

プリムがフルーツパフェに顔を近づける。

「僕が住んでいた国ですごく人気があった冷たいスイーツです。スプーンも具現化したから、それで食べてみてください」

「……う、うん」

プリムはステンレスのスプーンを手に取った。リルミル、ロッテ、フロエラ、他の団員たちもスプーンに手を伸ばす。

キウイを口にしたロッテの目が大きく開いた。

「これは……果実ですか？」

「はい。キウイって果物で、それだけを食べても美味しいですよ」

「……すごい。甘酸っぱくてみずみずしい」

ロッテは口元を押さえて、頬を動かす。

「この果物も美味しいよ」

プリムが白桃を指さした。

「香りがよくて、今まで食べたことのない味がする」

「それは白桃だね。桃もこの世界にはないのかな？」

「知らない果物だよ。南方の国にもなかったと思う」

プリムは正方形に切った白桃を口にして、頬を押さえる。

「あぁ。すごく美味しい」

「アイスもまるで別物だよ」

猫耳の少女が言った。

「町のアイスは甘すぎるけど、このアイスは上品な感じがする」

他の団員たちも次々とフルーツパフェの感想を言い始めた。

「こんな美味しいお菓子、初めて食べたよ」

「うん。果物とアイスをいっしょに食べると最高かも」

「待って。この黄色いクリームもつけてみてよ。味が変わるから」

どうやら、好評みたいだな。さすが甘露堂のフルーツパフェだ。前に妹と食べておいてよかった。

食べたことのない料理は再現できないから。

「おいっ！　優樹！」

口に黄色いクリームをつけたクロが僕の腕を叩いた。

「お前、隠していたな」

「えっ？　隠すって、このフルーツパフェのこと？」

「そうだ。こんな美味い菓子を出せることを俺に話さなかったじゃないか」

「い、いや。フルーツパフェのことを話す機会がなかったし」

僕は、ぱたぱたと両手を左右に振る。

「クロだって、シュークリームで満足してたじゃないか？」

「たしかにシュークリームは最高だ。だが、この冷たい菓子も最高なのだ！」

「最高が二つあるね」

「そんなことはどうでもいい。それより、俺への報酬。三日に一度はフルーツパフェにしてくれ。そうしてくれるのなら、肉球に触ってもいいぞ」

「う、うん。それでいいよ。使う素材は同じだから」

クロの肉球に触る権利は由那に譲ろうかな。きっと、喜ぶだろうし。

僕は、笑顔でフルーツパフェを食べているリルミルたちを眺める。彼女たちが喜んでる姿を見ると、自分も幸せな気持ちになるな。運よく手に入れた創造魔法の能力だけど、自分と自分に好意を持ってくれた人たちのために使っていこう。

僕はひざの上に乗せた手をこぶしの形に変えて、唇を強く結んだ。

エピローグ

学校から数十キロ離れた洞窟の中を、四郎がさまよっていた。

「はぁ……はぁ……はぁ……」

荒い息を繰り返しながら、光ゴケに照らされた壁に背を寄せる。ケガをした右腕から血が流れ落ちた。

「ちくしょう。ゴブリンどもめ！　何時間も追い回してきやがって。雑魚モンスターのくせに」

四郎は悪態をついた。

ふと、視線を落とすと、へこんだ岩の中に水が溜まっている。四郎は足を引きずりながら、岩に近づき、溜まった水を飲んだ。四郎の腹が膨らんでいく。

「……ふぅ」

水を飲み干して、四郎は歩き出した。溶けたロウソクのような石柱の間をすり抜けながら、緩やかな斜面を下りる。

その時、十数メートル先にガイコツが横たわっているのが見えた。そのガイコツは青白く発光していて、額の部分に尖った角が生えていた。

「人間の骨じゃないのか……」

四郎は、ゆっくりとガイコツに近づく。

「ん？　何だ？」

ガイコツは赤黒い物体を握っていた。それは鶏(にわとり)の卵のような形をしていた。

「これは……？」

鼻を近づけると、微かに甘い匂いがする。

――これ……食べられるんじゃないのか？　干し肉っぽいし。

四郎のノドが大きく動いた。

――もう、四日以上、まともな食事をしていない。野草と木の実を食べただけだ。

数十秒悩んで、四郎は赤黒い物体をかじった。

その瞬間、四郎の血が沸騰(ふっとう)したかのように熱くなった。全身の血管が太く浮かび上がり、目が充血する。

「がっ……あ……」

四郎は大きく口を開けたまま、倒れ込んだ。

脳内に何者かの声が聞こえてくる。

『我が肉を喰らったお前に……力を……与えよう』

「ち……力？」

四郎は脳内の声に問いかけた。

「力って……何だよ？」

『我……蟲(むし)の王(おう)バルズの……力だ』

脳内の声――バルズが答えた。

『さあ……全ての肉を喰らうのだ。そうすれば……強大な力が手に入る』

「強大……」

四郎は手に持った赤黒い肉を見つめる。

「その力があれば、強くなれるんだな？」

『もちろんだ……勇者でもドラゴンでも殺すことができる』

「……なら、喰ってやる！」

四郎は上半身を起こして、赤黒い肉を喰い始めた。

ぐしゅ……ぐしゅ……ぐしゅ……。

――僕を追い回した醜悪なゴブリンども。

――手のひらを返して、僕を追放した奴ら。

――そして……由那を奪った優樹。

――全員、地獄の苦しみを味わわせてやる！

「ひっ……ひひひっ……」

甲高い笑い声が暗い洞窟の中に響いた。

用語集

魔法について

【魔法】魔力を利用して任意の現象を起こす術。戦闘で使える魔法や日常生活で役立つ魔法など、様々な種類がある。

【錬金術】様々な物質や生物を錬成する術。魔力を使う魔法とは別系統のもの。

【創造魔法】英雄アコロンが錬金術をもとに生み出した究極の魔法。素材を組み合わせて武器や防具を作ったり、強力な攻撃呪文を使用したりできる。

【呪文】魔法を使用する時に唱える言葉。魔法そのものと同義で語られることもある。

【魔力】魔法を使用する時に必要となる力。魔力キノコなどの素材でも代用可能。

【属性】魔法における「火・風・水・土・光・闇」の六つの区分。自分が適性のある属性の魔法を学ぶことで使えるようになる。

生物について

【人族】人間、エルフ、獣人の三つの種族、またそのミックスをまとめて指す言葉。

【ミックス】人間と獣人の子、エルフと獣人の子など、異種族の両親の間にできた存在のこと。人間とエルフの子のみ、ハーフエルフと呼ばれる。

【魔族】太古の邪神ガーファの血を受け継いだ種族。魔力が強く、知能も高い。外見は様々で、人間と似ている場合もある。血の色は共通して青紫色。

【モンスター】太古の邪神ガーファが創造した生物。スライム、ゴブリン、オーク、オーガ、スケルトン、マンティスなど。

【ゾルデス】西の大国を滅ぼした、魔王と呼ばれる魔族。百万以上の配下がおり、現在はアクア国を狙っている。

【七魔将】魔王ゾルデス直属である七名の高位魔族。全員が高い戦闘能力を誇る。

冒険者ギルドについて

【冒険者ギルド】冒険者のための組織。手数料を取って加盟者に仕事を紹介するのが主な役割。

【冒険者ランク】冒険者ギルドの加盟者に与えられるランク。最初はFランクで登録され、実績を積むことで、F↓E↓D↓C↓B↓A↓Sと上がっていく。ちなみにSランクは数万人に一人の割合。

【パーティー】同じ仕事を受ける冒険者の集まり。五人前後で組むことが多い。

【団】冒険者ギルドに登録された冒険者の団体を指す。リーダーがAランク以上で、五十人以上の団員がいることが登録の条件。人数を生かして大きな仕事を受けることができるが、団への会費が必要なため個人で依頼を受けるより収入は少し下がる。それでも、ソロやパーティーより安全なので、団に入りたがる冒険者は多い。パーティーごと団に入っている場合もある。

その他

【森クラゲ】森の中に生息している半透明の不思議な生物。モンスターではない。ふわふわと浮いていて、緑色、または青色に発光する。食用にならず、素材としても使えないが、無害。

【素材】創造魔法や錬金術を使用するのに必要となる原料。貴重な素材は「レア素材」や「スペシャルレア素材」などと呼ばれる。

【ダール文明】太古に栄えた高度な文明。魔族によって滅ぼされた。遺跡やダンジョンに隠されたダール文明のアイテムは貴重で高く売れる。